Jean-Paul Sartre

Huis clos

SUIVI DE

Les mouches

Gallimard

Huis clos

PIÈCE EN UN ACTE

A cette dame.

Huis clos *a été présenté pour la première fois au Théâtre du Vieux-Colombier en mai 1944.*

DISTRIBUTION

INÈS	Mme Tania Balachova
ESTELLE	Mme Gaby Sylvia
GARCIN	M. Vitold
LE GARÇON	M. R.-J. Chauffard

Décor de M. Douy

SCÈNE PREMIÈRE

GARCIN, LE GARÇON D'ÉTAGE

Un salon style Second Empire. Un bronze sur la cheminée.

GARCIN, *il entre et regarde autour de lui.*

Alors voilà.

LE GARÇON

Voilà.

GARCIN

C'est comme ça...

LE GARÇON

C'est comme ça.

GARCIN

Je... Je pense qu'à la longue on doit s'habituer aux meubles.

LE GARÇON

Ça dépend des personnes.

GARCIN

Est-ce que toutes les chambres sont pareilles ?

LE GARÇON

Pensez-vous. Il nous vient des Chinois, des Hindous. Qu'est-ce que vous voulez qu'ils fassent d'un fauteuil second Empire ?

GARCIN

Et moi, qu'est-ce que vous voulez que j'en fasse ? Savez-vous qui j'étais ? Bah ! ça n'a aucune importance. Après tout, je vivais toujours dans des meubles que je n'aimais pas et des situations fausses ; j'adorais ça. Une situation fausse dans une salle à manger Louis-Philippe, ça ne vous dit rien ?

LE GARÇON

Vous verrez : dans un salon second Empire, ça n'est pas mal non plus.

GARCIN

Ah ! bon. Bon, bon, bon. *(Il regarde autour de lui.)* Tout de même, je ne me serais pas attendu... Vous n'êtes pas sans savoir ce qu'on raconte là-bas ?

LE GARÇON

Sur quoi ?

GARCIN

Eh bien... *(avec un geste vague et large)* sur tout ça.

LE GARÇON

Comment pouvez-vous croire ces âneries ? Des personnes qui n'ont jamais mis les pieds ici. Car enfin, si elles y étaient venues...

GARCIN

Oui.

Ils rient tous deux.

GARCIN, *redevenant sérieux tout à coup.*

Où sont les pals ?

LE GARÇON

Quoi ?

GARCIN

Les pals, les grils, les entonnoirs de cuir.

LE GARÇON

Vous voulez rire ?

GARCIN, *le regardant.*

Ah ? Ah bon. Non, je ne voulais pas rire. *(Un silence. Il se promène.)* Pas de glaces, pas de fenêtres, naturellement. Rien de fragile. *(Avec une violence subite :)* Et pourquoi m'a-t-on ôté ma brosse à dents ?

LE GARÇON

Et voilà. Voilà la dignité humaine qui vous revient. C'est formidable.

GARCIN, *frappant sur le bras du fauteuil avec colère.*

Je vous prie de m'épargner vos familiarités. Je n'ignore rien de ma position, mais je ne supporterai pas que vous...

LE GARÇON

Là ! là ! Excusez-moi. Qu'est-ce que vous voulez, tous les clients posent la même question. Ils

s'amènent : « Où sont les pals ? » A ce moment-
là, je vous jure qu'ils ne songent pas à faire leur
toilette. Et puis, dès qu'on les a rassurés, voilà la
brosse à dents. Mais, pour l'amour de Dieu, est-
ce que vous ne pouvez pas réfléchir ? Car enfin, je
vous le demande, *pourquoi* vous brosseriez-vous
les dents ?

GARCIN, *calmé.*

Oui, en effet, pourquoi ? *(Il regarde autour de
lui.)* Et pourquoi se regarderait-on dans les
glaces ? Tandis que le bronze, à la bonne heure...
J'imagine qu'il y a de certains moments où je
regarderai de tous mes yeux. De tous mes yeux,
hein ? Allons, allons, il n'y a rien à cacher ; je
vous dis que je n'ignore rien de ma position.
Voulez-vous que je vous raconte comment cela
se passe ? Le type suffoque, il s'enfonce, il se
noie, seul son regard est hors de l'eau et qu'est-ce
qu'il voit ? Un bronze de Barbedienne. Quel
cauchemar ! Allons, on vous a sans doute
défendu de me répondre, je n'insiste pas. Mais
rappelez-vous qu'on ne me prend pas au
dépourvu, ne venez pas vous vanter de m'avoir
surpris ; je regarde la situation en face. *(Il
reprend sa marche.)* Donc, pas de brosse à dents.
Pas de lit non plus. Car on ne dort jamais, bien
entendu ?

LE GARÇON

Dame !

GARCIN

Je l'aurais parié. *Pourquoi* dormirait-on ? Le
sommeil vous prend derrière les oreilles. Vous

sentez vos yeux qui se ferment, mais pourquoi dormir ? Vous vous allongez sur le canapé et pffft... le sommeil s'envole. Il faut se frotter les yeux, se relever et tout recommence.

LE GARÇON

Que vous êtes romanesque !

GARCIN

Taisez-vous. Je ne crierai pas, je ne gémirai pas, mais je veux regarder la situation en face. Je ne veux pas qu'elle saute sur moi par-derrière, sans que j'aie pu la reconnaître. Romanesque ? Alors c'est qu'on n'a même pas besoin de sommeil ? Pourquoi dormir si on n'a pas sommeil ? Parfait. Attendez... Attendez : pourquoi est-ce pénible ? Pourquoi est-ce forcément pénible ? J'y suis : c'est la vie sans coupure.

LE GARÇON

Quelle coupure ?

GARCIN, *l'imitant.*

Quelle coupure ? *(Soupçonneux.)* Regardez-moi. J'en étais sûr ! Voilà ce qui explique l'indiscrétion grossière et insoutenable de votre regard. Ma parole, elles sont atrophiées.

LE GARÇON

Mais de quoi parlez-vous ?

GARCIN

De vos paupières. Nous, nous battions des paupières. Un clin d'œil, ça s'appelait. Un petit éclair noir, un rideau qui tombe et qui se relève : la coupure est faite. L'œil s'humecte, le monde s'anéantit. Vous ne pouvez pas savoir combien c'était rafraîchissant. Quatre mille repos dans une heure. Quatre mille petites évasions. Et quand je dis quatre mille... Alors ? Je vais vivre sans paupières ? Ne faites pas l'imbécile. Sans paupières, sans sommeil, c'est tout un. Je ne dormirai plus... Mais comment pourrai-je me supporter ? Essayez de comprendre, faites un effort : je suis d'un caractère taquin, voyez-vous, et je... j'ai l'habitude de me taquiner. Mais je... je ne peux pas me taquiner sans répit : là-bas il y avait les nuits. Je dormais. J'avais le sommeil douillet. Par compensation. Je me faisais faire des rêves simples. Il y avait une prairie... Une prairie, c'est tout. Je rêvais que je me promenais dedans. Fait-il jour ?

LE GARÇON

Vous voyez bien, les lampes sont allumées.

GARCIN

Parbleu. C'est ça *votre* jour. Et dehors ?

LE GARÇON, *ahuri.*

Dehors ?

GARCIN

Dehors ! de l'autre côté de ces murs ?

LE GARÇON

Il y a un couloir.

GARCIN

Et au bout de ce couloir ?

LE GARÇON

Il y a d'autres chambres et d'autres couloirs et des escaliers.

GARCIN

Et puis ?

LE GARÇON

C'est tout.

GARCIN

Vous avez bien un jour de sortie. Où allez-vous ?

LE GARÇON

Chez mon oncle, qui est chef des garçons, au troisième étage.

GARCIN

J'aurais dû m'en douter. Où est l'interrupteur ?

LE GARÇON

Il n'y en a pas.

GARCIN

Alors ? On ne peut pas éteindre ?

LE GARÇON

La direction peut couper le courant. Mais je ne me rappelle pas qu'elle l'ait fait à cet étage-ci. Nous avons l'électricité à discrétion.

GARCIN

Très bien. Alors il faut vivre les yeux ouverts...

LE GARÇON, *ironique.*

Vivre...

GARCIN

Vous n'allez pas me chicaner pour une question de vocabulaire. Les yeux ouverts. Pour
toujours. Il fera grand jour dans mes yeux. Et
dans ma tête. *(Un temps.)* Et si je balançais le
bronze sur la lampe électrique, est-ce qu'elle
s'éteindrait ?

LE GARÇON

Il est trop lourd.

GARCIN, *prend le bronze dans ses mains
et essaie de le soulever.*

Vous avez raison. Il est trop lourd.

Un silence.

LE GARÇON

Eh bien, si vous n'avez plus besoin de moi, je
vais vous laisser.

GARCIN, *sursautant.*

Vous vous en allez ? Au revoir. *(Le garçon gagne
la porte.)* Attendez. *(Le garçon se retourne.)* C'est
une sonnette, là ? *(Le garçon fait un signe affirma-
tif.)* Je peux vous sonner quand je veux et vous
êtes obligé de venir ?

LE GARÇON

En principe, oui. Mais elle est capricieuse. Il y
a quelque chose de coincé dans le mécanisme.

*Garcin va à la sonnette et appuie sur le
bouton. Sonnerie.*

GARCIN

Elle marche !

LE GARÇON, *étonné.*

Elle marche. *(Il sonne à son tour.)* Mais ne vous emballez pas, ça ne va pas durer. Allons, à votre service.

GARCIN, *fait un geste pour le retenir.*

Je...

LE GARÇON

Hé ?

GARCIN

Non, rien. *(Il va à la cheminée et prend le coupe-papier.)* Qu'est-ce que c'est que ça ?

LE GARÇON

Vous voyez bien : un coupe-papier.

GARCIN

Il y a des livres, ici ?

LE GARÇON

Non.

GARCIN

Alors à quoi sert-il ? *(Le garçon hausse les épaules.)* C'est bon. Allez-vous-en.

Le garçon sort.

SCÈNE II

GARCIN, *seul.*

Garcin, seul. Il va au bronze et le flatte de la main. Il s'assied. Il se relève. Il va à la sonnette et appuie sur le bouton. La sonnette ne sonne pas. Il essaie deux ou trois fois. Mais en vain. Il va alors à la porte et tente de l'ouvrir. Elle résiste. Il appelle.

GARCIN

Garçon ! Garçon !

Pas de réponse. Il fait pleuvoir une grêle de coups de poing sur la porte en appelant le garçon. Puis il se calme subitement et va se rasseoir. A ce moment la porte s'ouvre et Inès entre, suivie du garçon.

SCÈNE III

GARCIN, INÈS, LE GARÇON

LE GARÇON, *à Garcin.*

Vous m'avez appelé ?

Garcin va pour répondre, mais il jette un coup d'œil à Inès.

GARCIN

Non.

LE GARÇON, *se tournant vers Inès.*

Vous êtes chez vous, madame. *(Silence d'Inès.)* Si vous avez des questions à me poser... *(Inès se tait.)*

LE GARÇON, *déçu.*

D'ordinaire les clients aiment à se renseigner... Je n'insiste pas. D'ailleurs, pour la brosse à dents, la sonnette et le bronze de Barbedienne, monsieur est au courant et il vous répondra aussi bien que moi.

Il sort. Un silence. Garcin ne regarde pas Inès. Inès regarde autour d'elle, puis elle se dirige brusquement vers Garcin.

INÈS

Où est Florence ? *(Silence de Garcin.)* Je vous demande où est Florence ?

GARCIN

Je n'en sais rien.

INÈS

C'est tout ce que vous avez trouvé ? La torture par l'absence ? Eh bien, c'est manqué. Florence était une petite sotte et je ne la regrette pas.

GARCIN

Je vous demande pardon : pour qui me prenez-vous ?

INÈS

Vous ? Vous êtes le bourreau.

GARCIN, *sursaute et puis se met à rire.*

C'est une méprise tout à fait amusante. Le
bourreau, vraiment? Vous êtes entrée, vous
m'avez regardé et vous avez pensé : c'est le
bourreau. Quelle extravagance! Le garçon est
ridicule, il aurait dû nous présenter l'un à
l'autre. Le bourreau! Je suis Joseph Garcin,
publiciste et homme de lettres. La vérité, c'est
que nous sommes logés à la même enseigne.
Madame...

INÈS, *sèchement.*

Inès Serrano. Mademoiselle.

GARCIN

Très bien. Parfait. Eh bien, la glace est rom-
pue. Ainsi vous me trouvez la mine d'un bourreau? Et à quoi les reconnaît-on les bourreaux,
s'il vous plaît?

INÈS

Ils ont l'air d'avoir peur.

GARCIN

Peur? C'est trop drôle. Et de qui? De leurs
victimes?

INÈS

Allez! Je sais ce que je dis. Je me suis regardée
dans la glace.

GARCIN

Dans la glace? *(Il regarde autour de lui.)* C'est
assommant : ils ont ôté tout ce qui pouvait

ressembler à une glace. *(Un temps.)* En tout cas, je puis vous affirmer que je n'ai pas peur. Je ne prends pas la situation à la légère et je suis très conscient de sa gravité. Mais je n'ai pas peur.

INÈS, *haussant les épaules.*

Ça vous regarde. *(Un temps.)* Est-ce qu'il vous arrive de temps en temps d'aller faire un tour dehors ?

GARCIN

La porte est verrouillée.

INÈS

Tant pis.

GARCIN

Je comprends très bien que ma présence vous importune. Et personnellement, je préférerais rester seul : il faut que je mette ma vie en ordre et j'ai besoin de me recueillir. Mais je suis sûr que nous pourrons nous accommoder l'un de l'autre : je ne parle pas, je ne remue guère et je fais peu de bruit. Seulement, si je peux me permettre un conseil, il faudra conserver entre nous une extrême politesse. Ce sera notre meilleure défense.

INÈS

Je ne suis pas polie.

GARCIN

Je le serai donc pour deux.

Un silence. Garcin est assis sur le canapé. Inès se promène de long en large.

INÈS, *le regardant.*

Votre bouche.

GARCIN, *tiré de son rêve.*

Plaît-il ?

INÈS

Vous ne pourriez pas arrêter votre bouche ?
Elle tourne comme une toupie sous votre nez.

GARCIN

Je vous demande pardon : je ne m'en rendais
pas compte.

INÈS

C'est ce que je vous reproche. *(Tic de Garcin.)*
Encore ! Vous prétendez être poli et vous laissez
votre visage à l'abandon. Vous n'êtes pas seul et
vous n'avez pas le droit de m'infliger le spectacle
de votre peur.

Garcin se lève et va vers elle.

GARCIN

Vous n'avez pas peur, vous ?

INÈS

Pour quoi faire ? La peur, c'était bon *avant*,
quand nous gardions de l'espoir.

GARCIN, *doucement.*

Il n'y a plus d'espoir, mais nous sommes
toujours *avant*. Nous n'avons pas commencé de
souffrir, mademoiselle.

INÈS

Je sais. *(Un temps.)* Alors ? Qu'est-ce qui va venir ?

GARCIN

Je ne sais pas. J'attends.

> *Un silence. Garcin va se rasseoir. Inès reprend sa marche. Garcin a un tic de la bouche, puis, après un regard à Inès, il enfouit son visage dans ses mains. Entrent Estelle et le garçon.*

SCÈNE IV

INÈS, GARCIN, ESTELLE, LE GARÇON

Estelle regarde Garcin, qui n'a pas levé la tête.

ESTELLE, *à Garcin.*

Non ! Non, non, ne relève pas la tête. Je sais ce que tu caches avec tes mains, je sais que tu n'as plus de visage. *(Garcin retire ses mains.)* Ha ! *(Un temps. Avec surprise :)* Je ne vous connais pas.

GARCIN

Je ne suis pas le bourreau, madame.

ESTELLE

Je ne vous prenais pas pour le bourreau. Je... J'ai cru que quelqu'un voulait me faire une farce. *(Au garçon.)* Qui attendez-vous encore ?

LE GARÇON

Il ne viendra plus personne.

ESTELLE, *soulagée.*

Ah! Alors nous allons rester tout seuls, monsieur, madame et moi?

Elle se met à rire.

GARCIN, *sèchement.*

Il n'y a pas de quoi rire.

ESTELLE, *riant toujours.*

Mais ces canapés sont si laids. Et voyez comme on les a disposés, il me semble que c'est le premier de l'an et que je suis en visite chez ma tante Marie. Chacun a le sien, je suppose. Celui-ci est à moi? *(Au garçon :)* Mais je ne pourrai jamais m'asseoir dessus, c'est une catastrophe : je suis en bleu clair et il est vert épinard.

INÈS

Voulez-vous le mien?

ESTELLE

Le canapé bordeaux? Vous êtes trop gentille, mais ça ne vaudrait guère mieux. Non, qu'est-ce que vous voulez? Chacun son lot : j'ai le vert, je le garde. *(Un temps.)* Le seul qui conviendrait à la rigueur, c'est celui de monsieur.

Un silence.

INÈS

Vous entendez, Garcin.

GARCIN, *sursautant.*

Le... canapé. Oh ! pardon. *(Il se lève.)* Il est à vous, madame.

ESTELLE

Merci. *(Elle ôte son manteau et le jette sur le canapé. Un temps.)* Faisons connaissance puisque nous devons habiter ensemble. Je suis Estelle Rigault.

> *Garcin s'incline et va se nommer, mais Inès passe devant lui.*

INÈS

Inès Serrano. Je suis très heureuse.

> *Garcin s'incline à nouveau.*

GARCIN

Joseph Garcin.

LE GARÇON

Avez-vous encore besoin de moi ?

ESTELLE

Non, allez. Je vous sonnerai.

> *Le garçon s'incline et sort.*

SCÈNE V

INÈS, GARCIN, ESTELLE

INÈS

Vous êtes très belle. Je voudrais avoir des fleurs pour vous souhaiter la bienvenue.

ESTELLE

Des fleurs ? Oui. J'aimais beaucoup les fleurs. Elles se faneraient ici : il fait trop chaud. Bah ! L'essentiel, n'est-ce pas, c'est de conserver la bonne humeur. Vous êtes...

INÈS

Oui, la semaine dernière. Et vous ?

ESTELLE

Moi ? Hier. La cérémonie n'est pas achevée. *(Elle parle avec beaucoup de naturel, mais comme si elle voyait ce qu'elle décrit.)* Le vent dérange le voile de ma sœur. Elle fait ce qu'elle peut pour pleurer. Allons ! allons ! encore un effort. Voilà ! Deux larmes, deux petites larmes qui brillent sous le crêpe. Olga Jardet est très laide ce matin. Elle soutient ma sœur par le bras. Elle ne pleure pas à cause du rimmel et je dois dire qu'à sa place... C'était ma meilleure amie.

INÈS

Vous avez beaucoup souffert ?

ESTELLE

Non. J'étais plutôt abrutie.

INÈS

Qu'est-ce que... ?

ESTELLE

Une pneumonie. *(Même jeu que précédemment.)* Eh bien, ça y est, ils s'en vont. Bonjour! Bonjour! Que de poignées de main. Mon mari est malade de chagrin, il est resté à la maison. *(A Inès.)* Et vous?

INÈS

Le gaz.

ESTELLE

Et vous, monsieur?

GARCIN

Douze balles dans la peau. *(Geste d'Estelle.)* Excusez-moi, je ne suis pas un mort de bonne compagnie.

ESTELLE

Oh! cher monsieur, si seulement vous vouliez bien ne pas user de mots si crus. C'est... c'est choquant. Et finalement, qu'est-ce que ça veut dire? Peut-être n'avons-nous jamais été si vivants. S'il faut absolument nommer cet... état de choses, je propose qu'on nous appelle des absents, ce sera plus correct. Vous êtes absent depuis longtemps?

GARCIN

Depuis un mois, environ.

ESTELLE

D'où êtes-vous ?

GARCIN

De Rio.

ESTELLE

Moi, de Paris. Vous avez encore quelqu'un là-bas ?

GARCIN

Ma femme. *(Même jeu qu'Estelle.)* Elle est venue à la caserne comme tous les jours ; on ne l'a pas laissée entrer. Elle regarde entre les barreaux de la grille. Elle ne sait pas encore que je suis absent, mais elle s'en doute. Elle s'en va, à présent. Elle est toute noire. Tant mieux, elle n'aura pas besoin de se changer. Elle ne pleure pas ; elle ne pleurait jamais. Il fait un beau soleil et elle est toute noire dans la rue déserte, avec ses grands yeux de victime. Ah ! elle m'agace.

Un silence. Garcin va s'asseoir sur le canapé du milieu et se met la tête dans les mains.

INÈS

Estelle !

ESTELLE

Monsieur, monsieur Garcin !

GARCIN

Plaît-il ?

ESTELLE

Vous êtes assis sur mon canapé.

GARCIN

Pardon.

Il se lève.

ESTELLE

Vous aviez l'air si absorbé.

GARCIN

Je mets ma vie en ordre. *(Inès se met à rire.)*
Ceux qui rient feraient aussi bien de m'imiter.

INÈS

Elle est en ordre, ma vie. Tout à fait en ordre.
Elle s'est mise en ordre d'elle-même, là-bas, je
n'ai pas besoin de m'en préoccuper.

GARCIN

Vraiment ? Et vous croyez que c'est si simple !
(Il se passe la main sur le front.) Quelle chaleur !
Vous permettez ?

Il va pour ôter son veston.

ESTELLE

Ah non ! *(Plus doucement.)* Non. J'ai horreur
des hommes en bras de chemise.

GARCIN, *remettant sa veste.*

C'est bon. *(Un temps.)* Moi, je passais mes nuits
dans les salles de rédaction. Il y faisait toujours
une chaleur de cloporte. *(Un temps. Même jeu que
précédemment.)* Il y fait une chaleur de cloporte.
C'est la nuit.

ESTELLE

Tiens, oui, c'est déjà la nuit. Olga se déshabille. Comme le temps passe vite, sur terre.

INÈS

C'est la nuit. Ils ont mis les scellés sur la porte de ma chambre. Et la chambre est vide dans le noir.

GARCIN

Ils ont posé leurs vestons sur le dos de leurs chaises et roulé les manches de leurs chemises au-dessus de leurs coudes. Ça sent l'homme et le cigare. *(Un silence.)* J'aimais vivre au milieu d'hommes en bras de chemise.

ESTELLE, *sèchement.*

Eh bien, nous n'avons pas les mêmes goûts. Voilà ce que ça prouve. *(Vers Inès.)* Vous aimez ça, vous, les hommes en chemise ?

INÈS

En chemise ou non, je n'aime pas beaucoup les hommes.

ESTELLE, *les regarde tous deux avec stupeur.*

Mais pourquoi, *pourquoi* nous a-t-on réunis ?

INÈS, *avec un éclat étouffé.*

Qu'est-ce que vous dites ?

ESTELLE

Je vous regarde tous deux et je pense que nous allons demeurer ensemble... Je m'attendais à retrouver des amis, de la famille.

INÈS

Un excellent ami avec un trou au milieu de la figure.

ESTELLE

Celui-là aussi. Il dansait le tango comme un professionnel. Mais nous, *nous*, pourquoi nous a-t-on réunis ?

GARCIN

Eh bien, c'est le hasard. Ils casent les gens où ils peuvent, dans l'ordre de leur arrivée. *(A Inès.)* Pourquoi riez-vous ?

INÈS

Parce que vous m'amusez avec votre hasard. Avez-vous tellement besoin de vous rassurer ? Ils ne laissent rien au hasard.

ESTELLE, *timidement.*

Mais nous nous sommes peut-être rencontrés autrefois ?

INÈS

Jamais. Je ne vous aurais pas oubliée.

ESTELLE

Ou alors, c'est que nous avons des relations communes ? Vous ne connaissez pas les Dubois-Seymour ?

INÈS

Ça m'étonnerait.

ESTELLE

Ils reçoivent le monde entier.

INÈS

Qu'est-ce qu'ils font ?

ESTELLE, *surprise.*

Ils ne font rien. Ils ont un château en Corrèze
et...

INÈS

Moi, j'étais employée des Postes.

ESTELLE, *avec un petit recul.*

Ah ! Alors en effet ?... *(Un temps.)* Et vous,
monsieur Garcin ?

GARCIN

Je n'ai jamais quitté Rio.

ESTELLE

En ce cas vous avez parfaitement raison : c'est
le hasard qui nous a réunis.

INÈS

Le hasard. Alors ces meubles sont là par
hasard. C'est par hasard si le canapé de droite
est vert épinard et si le canapé de gauche est
bordeaux. Un hasard, n'est-ce pas ? Eh bien,
essayez donc de les changer de place et vous
m'en direz des nouvelles. Et le bronze, c'est un
hasard aussi ? Et cette chaleur ? Et cette chaleur ? *(Un silence.)* Je vous dis qu'ils ont tout
réglé. Jusque dans les moindres détails, avec
amour. Cette chambre nous attendait.

ESTELLE

Mais comment voulez-vous ? Tout est si laid, si dur, si anguleux. Je détestais les angles.

INÈS, *haussant les épaules.*

Croyez-vous que je vivais dans un salon second Empire ?

Un temps.

ESTELLE

Alors tout est prévu ?

INÈS

Tout. Et nous sommes assortis.

ESTELLE

Ce n'est pas par hasard que *vous*, vous êtes en face de *moi ? (Un temps.)* Qu'est-ce qu'ils attendent ?

INÈS

Je ne sais pas. Mais ils attendent.

ESTELLE

Je ne peux pas supporter qu'on attende quelque chose de moi. Ça me donne tout de suite envie de faire le contraire.

INÈS

Eh bien, faites-le ! Faites-le donc ! Vous ne savez même pas ce qu'ils veulent.

ESTELLE, *frappant du pied.*

C'est insupportable. Et quelque chose doit m'arriver par vous deux ? *(Elle les regarde.)* Par vous deux. Il y avait des visages qui me parlaient tout de suite. Et les vôtres ne me disent rien.

GARCIN, *brusquement à Inès.*

Allons, pourquoi sommes-nous ensemble? Vous en avez trop dit : allez jusqu'au bout.

INÈS, *étonnée.*

Mais je n'en sais absolument rien.

GARCIN

Il *faut* le savoir.

Il réfléchit un moment.

INÈS

Si seulement chacun de nous avait le courage de dire...

GARCIN

Quoi?

INÈS

Estelle!

ESTELLE

Plaît-il?

INÈS

Qu'avez-vous fait? Pourquoi vous ont-ils envoyée ici?

ESTELLE, *vivement.*

Mais je ne sais pas, je ne sais pas du tout! Je me demande même si ce n'est pas une erreur. *(A Inès.)* Ne souriez pas. Pensez à la quantité de

gens qui... qui s'absentent chaque jour. Ils viennent ici par milliers et n'ont affaire qu'à des
subalternes, qu'à des employés sans instruction.
Comment voulez-vous qu'il n'y ait pas d'erreur.
Mais ne souriez pas. *(A Garcin.)* Et vous, dites
quelque chose. S'ils se sont trompés dans mon
cas, ils ont pu se tromper dans le vôtre. *(A Inès.)*
Et dans le vôtre aussi. Est-ce qu'il ne vaut pas
mieux croire que nous sommes là par erreur ?

INÈS

C'est tout ce que vous avez à nous dire ?

ESTELLE

Que voulez-vous savoir de plus ? Je n'ai rien à
cacher. J'étais orpheline et pauvre, j'élevais mon
frère cadet. Un vieil ami de mon père m'a
demandé ma main. Il était riche et bon, j'ai
accepté. Qu'auriez-vous fait à ma place ? Mon
frère était malade et sa santé réclamait les plus
grands soins. J'ai vécu six ans avec mon mari
sans un nuage. Il y a deux ans, j'ai rencontré
celui que je devais aimer. Nous nous sommes
reconnus tout de suite, il voulait que je parte
avec lui et j'ai refusé. Après cela, j'ai eu ma
pneumonie. C'est tout. Peut-être qu'on pourrait,
au nom de certains principes, me reprocher
d'avoir sacrifié ma jeunesse à un vieillard. *(A
Garcin.)* Croyez-vous que ce soit une faute ?

GARCIN

Certainement non. *(Un temps.)* Et vous, trou-
vez-vous que ce soit une faute de vivre selon ses
principes ?

ESTELLE

Qui est-ce qui pourrait vous le reprocher ?

GARCIN

Je dirigeais un journal pacifiste. La guerre éclate. Que faire ? Ils avaient tous les yeux fixés sur moi. « Osera-t-il ? » Eh bien, j'ai osé. Je me suis croisé les bras et ils m'ont fusillé. Où est la faute ? Où est la faute ?

ESTELLE, *lui pose la main sur le bras.*

Il n'y a pas de faute. Vous êtes...

INÈS, *achève ironiquement.*

Un Héros. Et votre femme, Garcin ?

GARCIN

Eh bien, quoi ? Je l'ai tirée du ruisseau.

ESTELLE, *à Inès.*

Vous voyez ! vous voyez !

INÈS

Je vois. *(Un temps.)* Pour qui jouez-vous la comédie ? Nous sommes entre nous.

ESTELLE, *avec insolence.*

Entre nous ?

INÈS

Entre assassins. Nous sommes en enfer, ma petite, il n'y a jamais d'erreur et on ne damne jamais les gens pour rien.

ESTELLE

Taisez-vous.

INÈS

En enfer ! Damnés ! Damnés !

ESTELLE

Taisez-vous. Voulez-vous vous taire ? Je vous défends d'employer des mots grossiers.

INÈS

Damnée, la petite sainte. Damné, le héros sans reproche. Nous avons eu notre heure de plaisir, n'est-ce pas ? Il y a des gens qui ont souffert pour nous jusqu'à la mort et cela nous amusait beaucoup. A présent, il faut payer.

GARCIN, *la main levée.*

Est-ce que vous vous tairez ?

INÈS, *le regarde sans peur, mais avec une immense surprise.*

Ha ! *(Un temps.)* Attendez ! J'ai compris, je sais pourquoi ils nous ont mis ensemble.

GARCIN

Prenez garde à ce que vous allez dire.

INÈS

Vous allez voir comme c'est bête. Bête comme chou ! Il n'y a pas de torture physique, n'est-ce pas ? Et cependant, nous sommes en enfer. Et personne ne doit venir. Personne. Nous resterons jusqu'au bout seuls ensemble. C'est bien ça ? En somme, il y a quelqu'un qui manque ici : c'est le bourreau.

GARCIN, *à mi-voix.*

Je le sais bien.

INÈS

Eh bien, ils ont réalisé une économie de personnel. Voilà tout. Ce sont les clients qui font le service eux-mêmes, comme dans les restaurants coopératifs.

ESTELLE

Qu'est-ce que vous voulez dire ?

INÈS

Le bourreau, c'est chacun de nous pour les deux autres.

Un temps. Ils digèrent la nouvelle.

GARCIN, *d'une voix douce.*

Je ne serai pas votre bourreau. Je ne vous veux aucun mal et je n'ai rien à faire avec vous. Rien. C'est tout à fait simple. Alors voilà : chacun dans son coin ; c'est la parade. Vous ici, vous ici, moi là. Et du silence. Pas un mot : ce n'est pas difficile, n'est-ce pas ? Chacun de nous a assez à faire avec lui-même. Je crois que je pourrais rester dix mille ans sans parler.

ESTELLE

Il faut que je me taise ?

GARCIN

Oui. Et nous... nous serons sauvés. Se taire. Regarder en soi, ne jamais lever la tête. C'est d'accord ?

INÈS

D'accord.

ESTELLE, *après hésitation.*

D'accord.

GARCIN

Alors, adieu.

Il va à son canapé et se met la tête dans ses mains. Silence. Inès se met à chanter pour elle seule :
Dans la rue des Blancs-Manteaux
Ils ont élevé des tréteaux
Et mis du son dans un seau
Et c'était un échafaud
Dans la rue des Blancs-Manteaux

Dans la rue des Blancs-Manteaux
Le bourreau s'est levé tôt.
C'est qu'il avait du boulot
Faut qu'il coupe des Généraux
Des Évêques, des Amiraux
Dans la rue des Blancs-Manteaux

Dans la rue des Blancs-Manteaux
Sont v'nues des dames comme il faut
Avec de beaux affûtiaux
Mais la tête leur f'sait défaut
Elle avait roulé de son haut
La tête avec le chapeau
Dans le ruisseau des Blancs-Manteaux.

Pendant ce temps-là, Estelle se remet de la poudre et du rouge. Elle cherche une glace autour d'elle d'un air inquiet. Elle fouille dans son sac et puis elle se tourne vers Garcin.

ESTELLE

Monsieur, avez-vous un miroir? *(Garcin ne répond pas.)* Un miroir, une glace de poche, n'importe quoi? *(Garcin ne répond pas.)* Si vous me laissez toute seule, procurez-moi au moins une glace.

> *Garcin demeure la tête dans ses mains, sans répondre.*

INÈS, *avec empressement.*

Moi, j'ai une glace dans mon sac. *(Elle fouille dans son sac. Avec dépit :)* Je ne l'ai plus. Ils ont dû me l'ôter au greffe.

ESTELLE

Comme c'est ennuyeux.

> *Un temps. Elle ferme les yeux et chancelle. Inès se précipite et la soutient.*

INÈS

Qu'est-ce que vous avez?

ESTELLE, *rouvre les yeux et sourit.*

Je me sens drôle. *(Elle se tâte.)* Ça ne vous fait pas cet effet-là, à vous : quand je ne me vois pas, j'ai beau me tâter, je me demande si j'existe pour de vrai.

INÈS

Vous avez de la chance. Moi, je me sens toujours de l'intérieur.

ESTELLE

Ah! oui, de l'intérieur... Tout ce qui se passe dans les têtes est si vague, ça m'endort. *(Un*

temps.) Il y a six grandes glaces dans ma chambre à coucher. Je les vois. Je les vois. Mais elles
ne me voient pas. Elles reflètent la causeuse, le
tapis, la fenêtre... comme c'est vide, une glace où
je ne suis pas. Quand je parlais, je m'arrangeais
pour qu'il y en ait une où je puisse me regarder.
Je parlais, je me voyais parler. Je me voyais
comme les gens me voyaient, ça me tenait
éveillée. (*Avec désespoir.*) Mon rouge ! Je suis sûre
que je l'ai mis de travers. Je ne peux pourtant
pas rester sans glace toute l'éternité.

INÈS

Voulez-vous que je vous serve de miroir ?
Venez, je vous invite chez moi. Asseyez-vous sur
mon canapé.

ESTELLE, *indique Garcin.*

Mais...

INÈS

Ne nous occupons pas de lui.

ESTELLE

Nous allons nous faire du mal : c'est vous qui
l'avez dit.

INÈS

Est-ce que j'ai l'air de vouloir vous nuire ?

ESTELLE

On ne sait jamais...

INÈS

C'est toi qui me feras du mal. Mais qu'est-ce
que ça peut faire ? Puisqu'il faut souffrir, autant

que ce soit par toi. Assieds-toi. Approche-toi.
Encore. Regarde dans mes yeux : est-ce que tu
t'y vois ?

ESTELLE

Je suis toute petite. Je me vois très mal.

INÈS

Je te vois, moi. Tout entière. Pose-moi des
questions. Aucun miroir ne sera plus fidèle.

*Estelle, gênée, se tourne vers Garcin
comme pour l'appeler à l'aide.*

ESTELLE

Monsieur ! Monsieur ! Nous ne vous ennuyons
pas par notre bavardage ?

Garcin ne répond pas.

INÈS

Laisse-le, il ne compte plus ; nous sommes
seules. Interroge-moi.

ESTELLE

Est-ce que j'ai bien mis mon rouge à lèvres ?

INÈS

Fais voir. Pas trop bien.

ESTELLE

Je m'en doutais. Heureusement que *(elle jette
un coup d'œil à Garcin)* personne ne m'a vue. Je
recommence.

INÈS

C'est mieux. Non. Suis le dessin des lèvres ; je vais te guider. Là, là. C'est bien.

ESTELLE

Aussi bien que tout à l'heure, quand je suis entrée ?

INÈS

C'est mieux ; plus lourd, plus cruel. Ta bouche d'enfer.

ESTELLE

Hum ! Et c'est bien ? Que c'est agaçant, je ne peux plus juger par moi-même. Vous me jurez que c'est bien ?

INÈS

Tu ne veux pas qu'on se tutoie ?

ESTELLE

Tu me jures que c'est bien ?

INÈS

Tu es belle.

ESTELLE

Mais vous avez du goût ? Avez-vous *mon* goût ? Que c'est agaçant, que c'est agaçant.

INÈS

J'ai ton goût, puisque tu me plais. Regarde-moi bien. Souris-moi. Je ne suis pas laide non plus. Est-ce que je ne vaux pas mieux qu'un miroir ?

ESTELLE

Je ne sais pas. Vous m'intimidez. Mon image dans les glaces était apprivoisée. Je la connaissais si bien... Je vais sourire : mon sourire ira au fond de vos prunelles et Dieu sait ce qu'il va devenir.

INÈS

Et qui t'empêche de m'apprivoiser ? *(Elles se regardent. Estelle sourit, un peu fascinée.)* Tu ne veux décidément pas me tutoyer ?

ESTELLE

J'ai de la peine à tutoyer les femmes.

INÈS

Et particulièrement les employées des postes, je suppose ? Qu'est-ce que tu as là, au bas de la joue ? Une plaque rouge ?

ESTELLE, *sursautant.*

Une plaque rouge, quelle horreur ! Où ça ?

INÈS

Là ! là ! Je suis le miroir aux alouettes ; ma petite alouette, je te tiens ! Il n'y a pas de rougeur. Pas la moindre, Hein ? Si le miroir se mettait à mentir ? Ou si je fermais les yeux, si je refusais de te regarder, que ferais-tu de toute cette beauté ? N'aie pas peur : il faut que je te regarde, mes yeux resteront grands ouverts. Et je serais gentille, tout à fait gentille. Mais tu me diras : tu.

Un temps.

ESTELLE

Je te plais ?

INÈS

Beaucoup !

Un temps.

ESTELLE, *désignant Garcin d'un coup de tête.*

Je voudrais qu'il me regarde aussi.

INÈS

Ha ! parce que c'est un homme. *(A Garcin.)* Vous avez gagné. *(Garcin ne répond pas.)* Mais regardez-la donc ! *(Garcin ne répond pas.)* Ne jouez pas cette comédie ; vous n'avez pas perdu un mot de ce que nous disions.

GARCIN, *levant brusquement la tête.*

Vous pouvez le dire, pas un mot : j'avais beau m'enfoncer les doigts dans les oreilles, vous me bavardiez dans la tête. Allez-vous me laisser, à présent ? Je n'ai pas affaire à vous.

INÈS

Et à la petite, avez-vous affaire ? J'ai vu votre manège : c'est pour l'intéresser que vous avez pris vos grands airs.

GARCIN

Je vous dis de me laisser. Il y a quelqu'un qui parle de moi au journal et je voudrais écouter. Je me moque de la petite, si cela peut vous tranquilliser.

ESTELLE

Merci.

GARCIN

Je ne voulais pas être grossier...

ESTELLE

Mufle !

> *Un temps. Ils sont debout, les uns en face des autres.*

GARCIN

Et voilà ! *(Un temps.)* Je vous avais suppliées de vous taire.

ESTELLE

C'est elle qui a commencé. Elle est venue m'offrir son miroir et je ne lui demandais rien.

INÈS

Rien. Seulement tu te frottais contre lui et tu faisais des mines pour qu'il te regarde.

ESTELLE

Et après ?

GARCIN

Êtes-vous folles ? Vous ne voyez donc pas où nous allons. Mais taisez-vous ! *(Un temps.)* Nous allons nous rasseoir bien tranquillement, nous fermerons les yeux et chacun tâchera d'oublier la présence des autres.

> *Un temps, il se rassied. Elles vont à leur place d'un pas hésitant. Inès se retourne brusquement.*

INÈS

Ah! oublier. Quel enfantillage! Je vous sens jusque dans mes os. Votre silence me crie dans les oreilles. Vous pouvez vous clouer la bouche, vous pouvez vous couper la langue, est-ce que vous vous empêcherez d'exister? Arrêterez-vous votre pensée? Je l'entends, elle fait tic tac, comme un réveil, et je sais que vous entendez la mienne. Vous avez beau vous rencogner sur votre canapé, vous êtes partout, les sons m'arrivent souillés parce que vous les avez entendus au passage. Vous m'avez volé jusqu'à mon visage : vous le connaissez et je ne le connais pas. Et elle? elle? vous me l'avez volée : si nous étions seules, croyez-vous qu'elle oserait me traiter comme elle me traite? Non, non : ôtez ces mains de votre figure, je ne vous laisserai pas, ce serait trop commode. Vous resteriez là, insensible, plongé en vous-même comme un bouddha, j'aurais les yeux clos, je sentirais qu'elle vous dédie tous les bruits de sa vie, même les froissements de sa robe et qu'elle vous envoie des sourires que vous ne voyez pas... Pas de ça! Je veux choisir mon enfer; je veux vous regarder de tous mes yeux et lutter à visage découvert.

GARCIN

C'est bon. Je suppose qu'il fallait en arriver là ; ils nous ont manœuvrés comme des enfants. S'ils m'avaient logé avec des hommes... les hommes savent se taire. Mais il ne faut pas trop demander. *(Il va vers Estelle et lui passe la main sous le menton.)* Alors, petite, je te plais? Il paraît que tu me faisais de l'œil?

ESTELLE

Ne me touchez pas.

GARCIN

Bah! Mettons-nous à l'aise. J'aimais beaucoup
les femmes, sais-tu? Et elles m'aimaient beaucoup. Mets-toi donc à l'aise, nous n'avons plus
rien à perdre. De la politesse, pourquoi? Des
cérémonies, pourquoi? Entre nous! Tout à
l'heure nous serons nus comme des vers.

ESTELLE

Laissez-moi.

GARCIN

Comme des vers! Ah! je vous avais prévenues.
Je ne vous demandais rien, rien que la paix et un
peu de silence. J'avais mis les doigts dans mes
oreilles. Gomez parlait, debout entre les tables,
tous les copains du journal écoutaient. En bras
de chemise. Je voulais comprendre ce qu'ils
disaient, c'était difficile : les événements de la
terre passent si vite. Est-ce que vous ne pouviez
pas vous taire? A présent, c'est fini, il ne parle
plus, ce qu'il pense de moi est rentré dans sa tête.
Eh bien, il faudra que nous allions jusqu'au
bout. Nus comme des vers : je veux savoir à qui
j'ai affaire.

INÈS

Vous le savez. A présent vous le savez.

GARCIN

Tant que chacun de nous n'aura pas avoué
pourquoi ils l'ont condamné, nous ne saurons

rien. Toi, la blonde, commence. Pourquoi ? Dis-
nous pourquoi : ta franchise peut éviter des
catastrophes ; quand nous connaîtrons nos
monstres... Allons, pourquoi ?

ESTELLE

Je vous dis que j'ignore. Ils n'ont pas voulu me
l'apprendre.

GARCIN

Je sais. A moi non plus, ils n'ont pas voulu
répondre. Mais je me connais. Tu as peur de
parler la première ? Très bien. Je vais commencer. *(Un silence.)* Je ne suis pas très joli.

INÈS

Ça va. On sait que vous avez déserté.

GARCIN

Laissez ça. Ne parlez jamais de ça. Je suis ici
parce que j'ai torturé ma femme. C'est tout.
Pendant cinq ans. Bien entendu, elle souffre
encore. La voilà ; dès que je parle d'elle, je la
vois. C'est Gomez qui m'intéresse et c'est elle
que je vois. Où est Gomez ? Pendant cinq ans.
Dites donc, ils lui ont rendu mes effets ; elle est
assise près de la fenêtre et elle a pris mon veston
sur ses genoux. Le veston aux douze trous. Le
sang, on dirait de la rouille. Les bords des trous
sont roussis. Ha ! C'est une pièce de musée, un
veston historique. Et j'ai porté ça ! Pleureras-tu ?
Finiras-tu par pleurer ? Je rentrais saoul comme
un cochon, je sentais le vin et la femme. Elle
m'avait attendu toute la nuit ; elle ne pleurait
pas. Pas un mot de reproche, naturellement. Ses

yeux, seulement. Ses grands yeux. Je ne regrette
rien. Je paierai, mais je ne regrette rien. Il neige
dehors. Mais pleureras-tu ? C'est une femme qui
a la vocation du martyre.

INÈS, *presque doucement.*

Pourquoi l'avez-vous fait souffrir ?

GARCIN

Parce que c'était facile. Il suffisait d'un mot
pour la faire changer de couleur ; c'était une
sensitive. Ha ! pas un reproche ! Je suis très
taquin. J'attendais, j'attendais toujours. Mais
non, pas un pleur, pas un reproche. Je l'avais
tirée du ruisseau, comprenez-vous ? Elle passe
la main sur le veston, sans le regarder. Ses doigts
cherchent les trous à l'aveuglette. Qu'attends-
tu ? Qu'espères-tu ? Je te dis que je ne regrette
rien. Enfin voilà : elle m'admirait trop. Compre-
nez-vous ça !

INÈS

Non. On ne m'admirait pas.

GARCIN

Tant mieux. Tant mieux pour vous. Tout cela
doit vous paraître abstrait. Eh bien, voici une
anecdote : J'avais installé chez moi une mulâ-
tresse. Quelles nuits ! Ma femme couchait au
premier, elle devait nous entendre. Elle se levait
la première et, comme nous faisions la grasse
matinée, elle nous apportait le petit déjeuner au
lit.

INÈS

Goujat !

GARCIN

Mais oui, mais oui, le goujat bien-aimé. *(Il paraît distrait.)* Non, rien. C'est Gomez, mais il ne parle pas de moi. Un goujat, disiez-vous ? Dame : sinon, qu'est-ce que je ferais ici ? Et vous ?

INÈS

Eh bien, j'étais ce qu'ils appellent, là-bas, une femme damnée. *Déjà* damnée, n'est-ce pas. Alors, il n'y a pas eu de grosse surprise.

GARCIN

C'est tout ?

INÈS

Non, il y a aussi cette affaire avec Florence. Mais c'est une histoire de morts. Trois morts. Lui d'abord, ensuite elle et moi. Il ne reste plus personne là-bas, je suis tranquille ; la chambre, simplement. Je vois la chambre, de temps en temps. Vide, avec des volets clos. Ah ! ah ! Ils ont fini par ôter les scellés. A louer... Elle est à louer. Il y a un écriteau sur la porte. C'est... dérisoire.

GARCIN

Trois. Vous avez bien dit trois ?

INÈS

Trois.

GARCIN

Un homme et deux femmes ?

INÈS

Oui.

GARCIN

Tiens. *(Un silence.)* Il s'est tué ?

INÈS

Lui ? Il en était bien incapable. Pourtant ce
n'est pas faute d'avoir souffert. Non : c'est un
tramway qui l'a écrasé. De la rigolade ! J'habi-
tais chez eux, c'était mon cousin.

GARCIN

Florence était blonde ?

INÈS

Blonde ? *(Regard à Estelle.)* Vous savez, je ne
regrette rien, mais ça ne m'amuse pas tant de
vous raconter cette histoire.

GARCIN

Allez ! allez ! Vous l'avez dégoûtée de lui ?

INÈS

Petit à petit. Un mot, de-ci, de-là. Par exemple,
il faisait du bruit en buvant ; il soufflait par le
nez dans son verre. Des riens. Oh ! c'était un
pauvre type, vulnérable. Pourquoi souriez-vous ?

GARCIN

Parce que moi, je ne suis pas vulnérable.

INÈS

C'est à voir. Je me suis glissée en elle, elle l'a
vu par mes yeux... Pour finir, elle m'est restée sur
les bras. Nous avons pris une chambre à l'autre
bout de la ville.

GARCIN

Alors ?

INÈS

Alors il y a eu ce tramway. Je lui disais tous les jours : Eh bien, ma petite ! Nous l'avons tué. *(Un silence.)* Je suis méchante.

GARCIN

Oui. Moi aussi.

INÈS

Non, vous, vous n'êtes pas méchant. C'est autre chose.

GARCIN

Quoi ?

INÈS

Je vous le dirai plus tard. Moi, je suis méchante : ça veut dire que j'ai besoin de la souffrance des autres pour exister. Une torche. Une torche dans les cœurs. Quand je suis toute seule, je m'éteins. Six mois durant, j'ai flambé dans son cœur ; j'ai tout brûlé. Elle s'est levée une nuit ; elle a été ouvrir le robinet du gaz sans que je m'en doute, et puis elle s'est recouchée près de moi. Voilà.

GARCIN

Hum !

INÈS

Quoi ?

GARCIN

Rien. Ça n'est pas propre.

INÈS

Eh bien, non, ça n'est pas propre. Après ?

GARCIN

Oh ! vous avez raison. *(A Estelle.)* A toi. Qu'est-ce que tu as fait ?

ESTELLE

Je vous ai dit que je n'en savais rien. J'ai beau m'interroger...

GARCIN

Bon. Eh bien, on va t'aider. Ce type au visage fracassé, qui est-ce ?

ESTELLE

Quel type ?

INÈS

Tu le sais fort bien. Celui dont tu avais peur, quand tu es entrée.

ESTELLE

C'est un ami.

GARCIN

Pourquoi avais-tu peur de lui ?

ESTELLE

Vous n'avez pas le droit de m'interroger.

INÈS

Il s'est tué à cause de toi ?

ESTELLE

Mais non, vous êtes folle.

GARCIN

Alors, pourquoi te faisait-il peur ? Il s'est lâché un coup de fusil dans la figure, hein ? C'est ça qui lui a emporté la tête ?

ESTELLE

Taisez-vous ! taisez-vous !

GARCIN

A cause de toi ! A cause de toi !

INÈS

Un coup de fusil à cause de toi !

ESTELLE

Laissez-moi tranquille. Vous me faites peur. Je veux m'en aller ! Je veux m'en aller !

Elle se précipite vers la porte et la secoue.

GARCIN

Va-t'en. Moi, je ne demande pas mieux. Seulement la porte est fermée de l'extérieur.

Estelle sonne ; le timbre ne retentit pas. Inès et Garcin rient. Estelle se retourne sur eux, adossée à la porte.

ESTELLE, *la voix rauque et lente.*

Vous êtes ignobles.

INÈS

Parfaitement, ignobles. Alors ? Donc le type s'est tué à cause de toi. C'était ton amant ?

GARCIN

Bien entendu, c'était son amant. Et il a voulu
l'avoir pour lui tout seul. Ça n'est pas vrai ?

INÈS

Il dansait le tango comme un professionnel,
mais il était pauvre, j'imagine.

Un silence.

GARCIN

On te demande s'il était pauvre.

ESTELLE

Oui, il était pauvre.

GARCIN

Et puis, tu avais ta réputation à garder. Un
jour il est venu, il t'a suppliée et tu as rigolé.

INÈS

Hein ? Hein ? Tu as rigolé ? C'est pour cela
qu'il s'est tué ?

ESTELLE

C'est avec ces yeux-là que tu regardais Florence ?

INÈS

Oui.

Un temps. Estelle se met à rire.

ESTELLE

Vous n'y êtes pas du tout. *(Elle se redresse et les
regarde, toujours adossée à la porte. D'un ton sec et*

provocant :) Il voulait me faire un enfant. Là, êtes-vous contents ?

GARCIN

Et toi, tu ne voulais pas.

ESTELLE

Non. L'enfant est venu tout de même. Je suis allée passer cinq mois en Suisse. Personne n'a rien su. C'était une fille. Roger était près de moi quand elle est née. Ça l'amusait d'avoir une fille. Pas moi.

GARCIN

Après ?

ESTELLE

Il y avait un balcon, au-dessus d'un lac. J'ai apporté une grosse pierre. Il criait : « Estelle, je t'en prie, je t'en supplie. » Je le détestais. Il a tout vu. Il s'est penché sur le balcon et il a vu des ronds sur le lac.

GARCIN

Après ?

ESTELLE

C'est tout. Je suis revenue à Paris. Lui, il a fait ce qu'il a voulu.

GARCIN

Il s'est fait sauter la tête ?

ESTELLE

Bien oui. Ça n'en valait pas la peine; mon mari ne s'est jamais douté de rien. *(Un temps.)* Je vous hais.

Elle a une crise de sanglots secs.

GARCIN

Inutile. Ici les larmes ne coulent pas.

ESTELLE

Je suis lâche! Je suis lâche! *(Un temps.)* Si vous saviez comme je vous hais!

INÈS, *la prenant dans ses bras.*

Mon pauvre petit! *(A Garcin :)* L'enquête est finie. Pas la peine de garder cette gueule de bourreau.

GARCIN

De bourreau... *(Il regarde autour de lui.)* Je donnerais n'importe quoi pour me voir dans une glace. *(Un temps.)* Qu'il fait chaud! *(Il ôte machinalement son veston.)* Oh! pardon.

Il va pour le remettre.

ESTELLE

Vous pouvez rester en bras de chemise. A présent...

GARCIN

Oui. *(Il jette son veston sur le canapé.)* Il ne faut pas m'en vouloir, Estelle.

ESTELLE

Je ne vous en veux pas.

INÈS

Et à moi ? Tu m'en veux, à moi ?

ESTELLE

Oui.

Un silence.

INÈS

Eh bien, Garcin ? Nous voici nus comme des vers ; y voyez-vous plus clair ?

GARCIN

Je ne sais pas. Peut-être un peu plus clair. *(Timidement.)* Est-ce que nous ne pourrions pas essayer de nous aider les uns les autres ?

INÈS

Je n'ai pas besoin d'aide.

GARCIN

Inès, ils ont embrouillé tous les fils. Si vous faites le moindre geste, si vous levez la main pour vous éventer, Estelle et moi nous sentons la secousse. Aucun de nous ne peut se sauver seul ; il faut que nous nous perdions ensemble ou que nous nous tirions d'affaire ensemble. Choisissez. *(Un temps.)* Qu'est-ce qu'il y a ?

INÈS

Ils l'ont louée. Les fenêtres sont grandes ouvertes, un homme est assis sur mon lit. Ils l'ont louée ! ils l'ont louée ! Entrez, entrez, ne vous gênez pas. C'est une femme. Elle va vers lui et lui met les mains sur les épaules... Qu'est-ce qu'ils attendent pour allumer, on n'y voit plus ; est-ce qu'ils vont s'embrasser ? Cette chambre est à moi ! Elle est à moi ! Et pourquoi n'allument-ils pas ? Je ne peux plus les voir. Qu'est-ce qu'ils chuchotent ? Est-ce qu'il va la caresser sur *mon* lit ? Elle lui dit qu'il est midi et qu'il fait grand soleil. Alors, c'est que je deviens aveugle. *(Un temps.)* Fini. Plus rien : je ne vois plus, je n'entends plus. Eh bien, je suppose que j'en ai fini avec la terre. Plus d'alibi. *(Elle frissonne.)* Je me sens vide. A présent, je suis tout à fait morte. Tout entière ici. *(Un temps.)* Vous disiez ? Vous parliez de m'aider, je crois ?

GARCIN

Oui.

INÈS

A quoi ?

GARCIN

A déjouer leurs ruses.

INÈS

Et moi, en échange ?

GARCIN

Vous m'aiderez. Il faudrait peu de chose, Inès : tout juste un peu de bonne volonté.

INÈS

De la bonne volonté... Où voulez-vous que j'en prenne ? Je suis pourrie.

GARCIN

Et moi ? *(Un temps.)* Tout de même, si nous essayions ?

INÈS

Je suis sèche. Je ne peux ni recevoir ni donner ; comment voulez-vous que je vous aide ? Une branche morte, le feu va s'y mettre. *(Un temps ; elle regarde Estelle qui a la tête dans ses mains.)* Florence était blonde.

GARCIN

Est-ce que vous savez que cette petite sera votre bourreau ?

INÈS

Peut-être bien que je m'en doute.

GARCIN

C'est par elle qu'ils vous auront. En ce qui me concerne, je... je... je ne lui prête aucune attention. Si de votre côté...

INÈS

Quoi ?

GARCIN

C'est un piège. Ils vous guettent pour savoir si vous vous y laisserez prendre.

INÈS

Je sais. Et *vous,* vous êtes un piège. Croyez-vous qu'ils n'ont pas prévu vos paroles ? Et qu'il ne s'y cache pas des trappes que nous ne pouvons pas voir ? Tout est piège. Mais qu'est-ce que cela

me fait ? Moi aussi, je suis un piège. Un piège
pour elle. C'est peut-être moi qui l'attraperai.

GARCIN

Vous n'attraperez rien du tout. Nous nous
courrons après comme des chevaux de bois, sans
jamais nous rejoindre : vous pouvez croire qu'ils
ont tout arrangé. Laissez tomber, Inès. Ouvrez
les mains, lâchez prise. Sinon vous ferez notre
malheur à tous trois.

INÈS

Est-ce que j'ai une tête à lâcher prise ? Je sais
ce qui m'attend. Je vais brûler, je brûle et je sais
qu'il n'y aura pas de fin ; je sais tout : croyez-
vous que je lâcherai prise ? Je l'aurai, elle vous
verra par mes yeux, comme Florence voyait
l'autre. Qu'est-ce que vous venez me parler de
votre malheur : je vous dis que je sais tout et je
ne peux même pas avoir pitié de moi. Un piège,
ha ! un piège. Naturellement je suis prise au piège.
Et puis après ? Tant mieux, s'ils sont contents.

GARCIN, *la prenant par l'épaule.*

Moi, je peux avoir pitié de vous. Regardez-
moi : nous sommes nus. Nus jusqu'aux os et je
vous connais jusqu'au cœur. C'est un lien :
croyez-vous que je voudrais vous faire du mal ?
Je ne regrette rien, je ne me plains pas ; moi
aussi, je suis sec. Mais de vous, je peux avoir
pitié.

INÈS, *qui s'est laissé faire*
pendant qu'il parlait, se secoue.

Ne me touchez pas. Je déteste qu'on me
touche. Et gardez votre pitié. Allons ! Garcin, il y

a aussi beaucoup de pièges pour vous, dans cette chambre. Pour vous. Préparés pour vous. Vous feriez mieux de vous occuper de vos affaires. *(Un temps.)* Si vous nous laissez tout à fait tranquilles, la petite et moi, je ferai en sorte de ne pas vous nuire.

GARCIN, *la regarde un moment,*
puis hausse les épaules.

C'est bon.

ESTELLE, *relevant la tête.*

Au secours, Garcin.

GARCIN

Que me voulez-vous ?

ESTELLE, *se levant et s'approchant de lui.*

Moi, vous pouvez m'aider.

GARCIN

Adressez-vous à elle.

> *Inès s'est rapprochée, elle se place tout contre Estelle, par-derrière, sans la toucher. Pendant les répliques suivantes, elle lui parlera presque à l'oreille. Mais Estelle, tournée vers Garcin, qui la regarde sans parler, répond uniquement à celui-ci comme si c'était lui qui l'interrogeait.*

ESTELLE

Je vous en prie, vous avez promis, Garcin, vous avez promis ! Vite, vite, je ne veux pas rester seule. Olga l'a emmené au dancing.

INÈS

Qui a-t-elle emmené ?

ESTELLE

Pierre. Ils dansent ensemble.

INÈS

Qui est Pierre ?

ESTELLE

Un petit niais. Il m'appelait son eau vive. Il m'aimait. Elle l'a emmené au dancing.

INÈS

Tu l'aimes ?

ESTELLE

Ils se rasseyent. Elle est à bout de souffle. Pourquoi danse-t-elle ? A moins que ce ne soit pour se faire maigrir. Bien sûr que non. Bien sûr que je ne l'aimais pas : il a dix-huit ans et je ne suis pas une ogresse, moi.

INÈS

Alors, laisse-les. Qu'est-ce que cela peut te faire ?

ESTELLE

Il était à moi.

INÈS

Rien n'est plus à toi sur la terre.

ESTELLE

Il était à moi.

INÈS

Oui, il *était*... Essaye de le prendre, essaye de le toucher. Olga peut le toucher, elle. N'est-ce pas ? N'est-ce pas ? Elle peut lui tenir les mains, lui frôler les genoux.

ESTELLE

Elle pousse contre lui son énorme poitrine, elle lui souffle dans la figure. Petit Poucet, pauvre Petit Poucet, qu'attends-tu pour lui éclater de rire au nez ? Ah ! il m'aurait suffi d'un regard, elle n'aurait jamais osé... Est-ce que je ne suis vraiment plus rien ?

INÈS

Plus rien. Et il n'y a plus rien de toi sur la terre : tout ce qui t'appartient est ici. Veux-tu le coupe-papier ? Le bronze de Barbedienne ? Le canapé bleu est à toi. Et moi, mon petit, moi je suis à toi pour toujours.

ESTELLE

Ha ? A moi ? Eh bien, lequel de vous deux oserait m'appeler son eau vive ? On ne vous trompe pas, vous autres, vous savez que je suis une ordure. Pense à moi, Pierre, ne pense qu'à moi, défends-moi ; tant que tu penses : mon eau vive, ma chère eau vive, je ne suis ici qu'à moitié, je ne suis qu'à moitié coupable, je suis eau vive là-bas, près de toi. Elle est rouge comme une tomate. Voyons, c'est impossible : nous avons cent fois ri d'elle ensemble. Qu'est-ce que c'est que cet air-là ? je l'aimais tant. Ah ! c'est *Saint Louis Blues*. Eh bien, dansez, dansez. Garcin,

vous vous amuseriez si vous pouviez la voir. Elle
ne saura donc jamais que je la *vois*. Je te vois, je
te vois avec ta coiffure défaite, ton visage cha-
viré, je vois que tu lui marches sur les pieds.
C'est à mourir de rire. Allons ! Plus vite ! plus
vite ! Il la tire, il la pousse. C'est indécent. Plus
vite ! Il me disait : Vous êtes si légère. Allons,
allons ! *(Elle danse en parlant.)* Je te dis que je te
vois. Elle s'en moque, elle danse à travers mon
regard. Notre chère Estelle ! Quoi, notre chère
Estelle ? Ah ! tais-toi. Tu n'as même pas versé
une larme aux obsèques. Elle lui a dit « notre
chère Estelle ». Elle a le toupet de lui parler de
moi. Allons ! en mesure. Ce n'est pas elle qui
pourrait parler et danser à la fois. Mais qu'est-ce
que... Non ! non ! ne lui dis pas ! je te l'abandonne, emporte-le, garde-le, fais-en ce que tu
voudras, mais ne lui dis pas... *(Elle s'est arrêtée de
danser.)* Bon. Eh bien, tu peux le garder à
présent. Elle lui a tout dit, Garcin : Roger, le
voyage en Suisse, l'enfant, elle lui a tout raconté.
« Notre chère Estelle n'était pas... » Non, non, en
effet, je n'étais pas... Il branle la tête d'un air
triste, mais on ne peut pas dire que la nouvelle
l'ait bouleversé. Garde-le à présent. Ce ne sont
pas ses longs cils ni ses airs de fille que je te
disputerai. Ha ! il m'appelait son eau vive, son
cristal. Eh bien, le cristal est en miettes. « Notre
chère Estelle. » Dansez ! dansez, voyons ! En
mesure. Une, deux. *(Elle danse.)* Je donnerais
tout au monde pour revenir sur terre un instant,
un seul instant, et pour danser. *(Elle danse ; un
temps.)* Je n'entends plus très bien. Ils ont éteint
les lampes comme pour un tango ; pourquoi
jouent-ils en sourdine ? Plus fort ! Que c'est loin !

Je... Je n'entends plus du tout. *(Elle cesse de danser.)* Jamais plus. La terre m'a quittée. Garcin, regarde-moi, prends-moi dans tes bras.

> *Inès fait signe à Garcin de s'écarter, derrière le dos d'Estelle.*

INÈS, *impérieusement.*

Garcin !

GARCIN, *recule d'un pas et désigne Inès à Estelle.*

Adressez-vous à elle.

ESTELLE, *l'agrippe.*

Ne vous en allez pas ! Est-ce que vous êtes un homme ? Mais regardez-moi donc, ne détournez pas les yeux : est-ce donc si pénible ? J'ai des cheveux d'or, et, après tout, quelqu'un s'est tué pour moi. Je vous supplie, il faut bien que vous regardiez quelque chose. Si ce n'est pas moi, ce sera le bronze, la table ou les canapés. Je suis tout de même plus agréable à voir. Écoute : je suis tombée de leurs cœurs comme un petit oiseau tombe du nid. Ramasse-moi, prends-moi, dans ton cœur, tu verras comme je serai gentille.

GARCIN, *la repoussant avec effort.*

Je vous dis de vous adresser à elle.

ESTELLE

A elle ? Mais elle ne compte pas : c'est une femme.

INÈS

Je ne compte pas ? Mais, petit oiseau, petite alouette, il y a beau temps que tu es à l'abri dans mon cœur. N'aie pas peur, je te regarderai sans répit, sans un battement de paupières. Tu vivras dans mon regard comme une paillette dans un rayon de soleil.

ESTELLE

Un rayon de soleil? Ha! fichez-moi donc la paix. Vous m'avez fait le coup tout à l'heure et vous avez bien vu qu'il a raté.

INÈS

Estelle! Mon eau vive, mon cristal.

ESTELLE

Votre cristal? C'est bouffon. Qui pensez-vous tromper? Allons, tout le monde sait que j'ai flanqué l'enfant par la fenêtre. Le cristal est en miettes sur la terre et je m'en moque. Je ne suis plus qu'une peau — et ma peau n'est pas pour vous.

INÈS

Viens! Tu seras ce que tu voudras: eau vive, eau sale, tu te retrouveras au fond de mes yeux telle que tu te désires.

ESTELLE

Lâchez-moi! Vous n'avez pas d'yeux! Mais qu'est-ce qu'il faut que je fasse pour que tu me lâches? Tiens!

Elle lui crache à la figure. Inès la lâche brusquement.

INÈS

Garcin ! Vous me le paierez !

> *Un temps, Garcin hausse les épaules et va vers Estelle.*

GARCIN

Alors ? Tu veux un homme ?

ESTELLE

Un homme, non. Toi.

GARCIN

Pas d'histoire. N'importe qui ferait l'affaire. Je me suis trouvé là, c'est moi. Bon. *(Il la prend aux épaules.)* Je n'ai rien pour te plaire, tu sais : je ne suis pas un petit niais et je ne danse pas le tango.

ESTELLE

Je te prendrai comme tu es. Je te changerai peut-être.

GARCIN

J'en doute. Je serai... distrait. J'ai d'autres affaires en tête.

ESTELLE

Quelles affaires ?

GARCIN

Ça ne t'intéresserait pas.

ESTELLE

Je m'assiérai sur ton canapé. J'attendrai que tu t'occupes de moi.

INÈS, *éclatant de rire.*

Ha ! chienne ! A plat ventre ! A plat ventre ! Et il n'est même pas beau !

ESTELLE, *à Garcin.*

Ne l'écoute pas. Elle n'a pas d'yeux, elle n'a pas d'oreilles. Elle ne compte pas.

GARCIN

Je te donnerai ce que je pourrai. Ce n'est pas beaucoup. Je ne t'aimerai pas : je te connais trop.

ESTELLE

Est-ce que tu me désires ?

GARCIN

Oui.

ESTELLE

C'est tout ce que je veux.

GARCIN

Alors...

Il se penche sur elle.

INÈS

Estelle ! Garcin ! Vous perdez le sens ! Mais je suis là, moi !

GARCIN

Je vois bien, et après ?

INÈS

Devant moi ? Vous ne... vous ne pouvez pas !

ESTELLE

Pourquoi ? Je me déshabillais bien devant ma femme de chambre.

INÈS, *s'agrippant à Garcin.*

Laissez-la ! Laissez-la ! ne la touchez pas de vos sales mains d'homme !

GARCIN, *la repoussant violemment.*

Ça va : je ne suis pas un gentilhomme, je n'aurai pas peur de cogner sur une femme.

INÈS

Vous m'aviez promis, Garcin, vous m'aviez promis ! Je vous en supplie, vous m'aviez promis !

GARCIN

C'est vous qui avez rompu le pacte.

Inès se dégage et recule au fond de la pièce.

INÈS

Faites ce que vous voudrez, vous êtes les plus forts. Mais rappelez-vous, je suis là et je vous regarde. Je ne vous quitterai pas des yeux, Garcin ; il faudra que vous l'embrassiez sous mon regard. Comme je vous hais tous les deux ! Aimez-vous, aimez-vous ! Nous sommes en enfer et j'aurai mon tour.

Pendant la scène suivante, elle les regardera sans mot dire.

GARCIN, *revient vers Estelle*
et la prend aux épaules.

Donne-moi ta bouche.

> *Un temps. Il se penche sur elle et brusque-*
> *ment se redresse.*

ESTELLE, *avec un geste de dépit.*

Ha !... *(Un temps.)* Je t'ai dit de ne pas faire
attention à elle.

GARCIN

Il s'agit bien d'elle. *(Un temps.)* Gomez est au
journal. Ils ont fermé les fenêtres ; c'est donc
l'hiver. Six mois. Il y a six mois qu'ils m'ont... Je
t'ai prévenue qu'il m'arriverait d'être distrait ?
Ils grelottent ; ils ont gardé leurs vestons... C'est
drôle qu'ils aient si froid, là-bas : et moi j'ai si
chaud. Cette fois-ci, c'est de moi qu'il parle.

ESTELLE

Ça va durer longtemps ? *(Un temps.)* Dis-moi
au moins ce qu'il raconte.

GARCIN

Rien. Il ne raconte rien. C'est un salaud, voilà
tout. *(Il prête l'oreille.)* Un beau salaud. Bah ! *(Il se
rapproche d'Estelle.)* Revenons à nous ! M'aime-
ras-tu ?

ESTELLE, *souriant.*

Qui sait ?

GARCIN

Auras-tu confiance en moi ?

ESTELLE

Quelle drôle de question : tu seras constamment sous mes yeux et ce n'est pas avec Inès que tu me tromperas.

GARCIN

Évidemment. *(Un temps. Il lâche les épaules d'Estelle.)* Je parlais d'une autre confiance. *(Il écoute.)* Va ! va ! dis ce que tu veux : je ne suis pas là pour me défendre. *(A Estelle.)* Estelle, il *faut* me donner ta confiance.

ESTELLE

Que d'embarras ! Mais tu as ma bouche, mes bras, mon corps entier, et tout pourrait être si simple... Ma confiance ? Mais je n'ai pas de confiance à donner moi ; tu me gênes horriblement. Ah ! il faut que tu aies fait un bien mauvais coup pour me réclamer ainsi ma confiance.

GARCIN

Ils m'ont fusillé.

ESTELLE

Je sais : tu avais refusé de partir. Et puis ?

GARCIN

Je... Je n'avais pas tout à fait refusé. *(Aux invisibles.)* Il parle bien, il blâme comme il faut, mais il ne dit pas ce qu'il faut faire. Allais-je entrer chez le général et lui dire : « Mon général, je ne pars pas » ? Quelle sottise ! Ils m'auraient coffré. Je voulais témoigner, moi, témoigner ! Je ne voulais pas qu'ils étouffent ma voix. *(A*

Estelle.) Je... J'ai pris le train. Ils m'ont pincé à la frontière.

ESTELLE

Où voulais-tu aller ?

GARCIN

A Mexico. Je comptais y ouvrir un journal pacifiste. *(Un silence.)* Eh bien, dis quelque chose.

ESTELLE

Que veux-tu que je te dise ? Tu as bien fait puisque tu ne voulais pas te battre. *(Geste agacé de Garcin.)* Ah ! mon chéri, je ne peux pas deviner ce qu'il faut te répondre.

INÈS

Mon trésor, il faut lui dire qu'il s'est enfui comme un lion. Car il s'est enfui, ton gros chéri. C'est ce qui le taquine.

GARCIN

Enfui, parti : appelez-le comme vous voudrez.

ESTELLE

Il fallait bien que tu t'enfuies. Si tu étais resté, ils t'auraient mis la main au collet.

GARCIN

Bien sûr. *(Un temps.)* Estelle, est-ce que je suis un lâche ?

ESTELLE

Mais je n'en sais rien, mon amour, je ne suis pas dans ta peau. C'est à toi de décider.

GARCIN, *avec un geste las.*

Je ne décide pas.

ESTELLE

Enfin tu dois bien te rappeler ; tu devais avoir des raisons pour agir comme tu l'as fait.

GARCIN

Oui.

ESTELLE

Eh bien ?

GARCIN

Est-ce que ce sont les vraies raisons ?

ESTELLE, *dépitée.*

Comme tu es compliqué.

GARCIN

Je voulais témoigner, je... j'avais longuement réfléchi... Est-ce que ce sont les vraies raisons ?

INÈS

Ah ! voilà la question. Est-ce que ce sont les vraies raisons ? Tu raisonnais, tu ne voulais pas t'engager à la légère. Mais la peur, la haine et toutes les saletés qu'on cache, ce sont *aussi* des raisons. Allons, cherche, interroge-toi.

GARCIN

Tais-toi ! Crois-tu que j'aie attendu tes conseils ? Je marchais dans ma cellule, la nuit, le jour. De la fenêtre à la porte, de la porte à la fenêtre. Je me suis épié. Je me suis suivi à la trace. Il me semble que j'ai passé une vie entière à m'interroger, et puis quoi, l'acte était là. Je... J'ai pris le train, voilà ce qui est sûr. Mais pourquoi ? Pourquoi ? A la fin j'ai pensé : c'est ma mort qui décidera ; si je meurs proprement, j'aurai prouvé que je ne suis pas un lâche...

INÈS

Et comment es-tu mort, Garcin ?

GARCIN

Mal. *(Inès éclate de rire.)* Oh ! c'était une simple défaillance corporelle. Je n'en ai pas honte. Seulement tout est resté en suspens pour toujours. *(A Estelle.)* Viens là, toi. Regarde-moi. J'ai besoin que quelqu'un me regarde pendant qu'ils parlent de moi sur terre. J'aime les yeux verts.

INÈS

Les yeux verts ? Voyez-vous ça ! Et toi, Estelle ? aimes-tu les lâches ?

ESTELLE

Si tu savais comme ça m'est égal. Lâche ou non, pourvu qu'il embrasse bien.

GARCIN

Ils dodelinent de la tête en tirant sur leurs cigares ; ils s'ennuient. Ils pensent : Garcin est un lâche. Mollement, faiblement. Histoire de penser tout de même à quelque chose. Garcin est un lâche. Voilà ce qu'ils ont décidé, eux, mes copains. Dans six mois, ils diront : lâche comme Garcin. Vous avez de la chance vous deux ;

personne ne pense plus à vous sur la terre. Moi,
j'ai la vie plus dure.

INÈS

Et votre femme, Garcin ?

GARCIN

Eh bien, quoi, ma femme ? Elle est morte.

INÈS

Morte ?

GARCIN

J'ai dû oublier de vous le dire. Elle est morte
tout à l'heure. Il y a deux mois environ.

INÈS

De chagrin ?

GARCIN

Naturellement, de chagrin. De quoi voulez-
vous qu'elle soit morte ? Allons, tout va bien : la
guerre est finie, ma femme est morte et je suis
entré dans l'histoire.

*Il a un sanglot sec et se passe la main sur la
figure. Estelle s'accroche à lui.*

ESTELLE

Mon chéri, mon chéri ! Regarde-moi, mon
chéri ! Touche-moi, touche-moi. *(Elle lui prend la
main et la met sur sa gorge.)* Mets ta main sur ma
gorge. *(Garcin fait un mouvement pour se déga-
ger.)* Laisse ta main ; laisse-la, ne bouge pas. Ils
vont mourir un à un : qu'importe ce qu'ils
pensent. Oublie-les. Il n'y a plus que moi.

GARCIN, *dégageant sa main.*

Ils ne m'oublient pas, eux. Ils mourront, mais d'autres viendront, qui prendront la consigne : je leur ai laissé ma vie entre les mains.

ESTELLE

Ah ! tu penses trop !

GARCIN

Que faire d'autre ? Autrefois, j'agissais... Ah ! revenir un seul jour au milieu d'eux... quel démenti ! Mais je suis hors jeu ; ils font le bilan sans s'occuper de moi et ils ont raison puisque je suis mort. Fait comme un rat. *(Il rit.)* Je suis tombé dans le domaine public.

Un silence.

ESTELLE, *doucement.*

Garcin !

GARCIN

Tu es là ? Eh bien, écoute, tu vas me rendre un service. Non, ne recule pas. Je sais : cela te semble drôle qu'on puisse te demander du secours, tu n'as pas l'habitude. Mais si tu voulais, si tu faisais un effort, nous pourrions peut-être nous aimer pour de bon ? Vois ; ils sont mille à répéter que je suis un lâche. Mais qu'est-ce que c'est, mille ? S'il y avait une âme, une seule, pour affirmer de toutes ses forces que je n'ai pas fui, que je ne *peux pas* avoir fui, que j'ai du courage, que je suis propre, je... je suis sûr que je serais sauvé ! Veux-tu croire en moi ? Tu me serais plus chère que moi-même.

ESTELLE, *riant.*

Idiot! cher idiot! Penses-tu que je pourrais aimer un lâche?

GARCIN

Mais tu disais...

ESTELLE

Je me moquais de toi. J'aime les hommes, Garcin, les vrais hommes, à la peau rude, aux mains fortes. Tu n'as pas le menton d'un lâche, tu n'as pas la bouche d'un lâche, tu n'as pas la voix d'un lâche, tes cheveux ne sont pas ceux d'un lâche. Et c'est pour ta bouche, pour ta voix, pour tes cheveux que je t'aime.

GARCIN

C'est vrai? C'est bien vrai?

ESTELLE

Veux-tu que je te le jure?

GARCIN

Alors, je les défie tous, ceux de là-bas et ceux d'ici. Estelle, nous sortirons de l'enfer. (*Inès éclate de rire. Il s'interrompt et la regarde.*) Qu'est-ce qu'il y a?

INÈS, *riant.*

Mais elle ne croit pas un mot de ce qu'elle dit; comment peux-tu être si naïf? « Estelle, suis-je un lâche? » Si tu savais ce qu'elle s'en moque!

ESTELLE

Inès. (*A Garcin.*) Ne l'écoute pas. Si tu veux ma confiance il faut commencer par me donner la tienne.

INÈS

Mais oui, mais oui ! Fais-lui donc confiance. Elle a besoin d'un homme, tu peux le croire, d'un bras d'homme autour de sa taille, d'une odeur d'homme, d'un désir d'homme dans des yeux d'homme. Pour le reste... Ha ! elle te dirait que tu es Dieu le Père, si cela pouvait te faire plaisir.

GARCIN

Estelle ! Est-ce que c'est vrai ? Réponds ; est-ce que c'est vrai ?

ESTELLE

Que veux-tu que je te dise ? Je ne comprends rien à toutes ces histoires. *(Elle tape du pied.)* Que tout cela est donc agaçant ! Même si tu étais un lâche, je t'aimerais, là ! Cela ne te suffit pas ?

Un temps.

GARCIN, *aux deux femmes.*

Vous me dégoûtez !

Il va vers la porte.

ESTELLE

Qu'est-ce que tu fais ?

GARCIN

Je m'en vais.

INÈS, *vite.*

Tu n'iras pas loin : la porte est fermée.

GARCIN

Il faudra bien qu'ils l'ouvrent.

Il appuie sur le bouton de sonnette. La sonnette ne fonctionne pas.

ESTELLE

Garcin !

INÈS, *à Estelle.*

Ne t'inquiète pas ; la sonnette est détraquée.

GARCIN

Je vous dis qu'ils ouvriront. *(Il tambourine contre la porte.)* Je ne peux plus vous supporter, je ne peux plus. *(Estelle court vers lui, il la repousse.)* Va-t'en ! Tu me dégoûtes encore plus qu'elle. Je ne veux pas m'enliser dans tes yeux. Tu es moite ! tu es molle ! Tu es une pieuvre, tu es un marécage. *(Il frappe contre la porte.)* Allez-vous ouvrir ?

ESTELLE

Garcin, je t'en supplie, ne pars pas, je ne te parlerai plus, je te laisserai tout à fait tranquille, mais ne pars pas. Inès a sorti ses griffes, je ne veux plus rester seule avec elle.

GARCIN

Débrouille-toi. Je ne t'ai pas demandé de venir.

ESTELLE

Lâche! Lâche! Oh! c'est bien vrai que tu es lâche.

INÈS, *se rapprochant d'Estelle.*

Eh bien, mon alouette, tu n'es pas contente? Tu m'as craché à la figure pour lui plaire et nous nous sommes brouillées à cause de lui. Mais il s'en va, le trouble-fête, il va nous laisser entre femmes.

ESTELLE

Tu n'y gagneras rien; si cette porte s'ouvre, je m'enfuis.

INÈS

Où?

ESTELLE

N'importe où. Le plus loin de toi possible.

> *Garcin n'a cessé de tambouriner contre la porte.*

GARCIN

Ouvrez! Ouvrez donc! J'accepte tout : les brodequins, les tenailles, le plomb fondu, les pincettes, le garrot, tout ce qui brûle, tout ce qui déchire, je veux souffrir pour de bon. Plutôt cent morsures, plutôt le fouet, le vitriol, que cette souffrance de tête, ce fantôme de souffrance, qui frôle, qui caresse et qui ne fait jamais assez mal. *(Il saisit le bouton de la porte et le secoue.)* Ouvrirez-vous? *(La porte s'ouvre brusquement, et il manque de tomber.)* Ha!

> *Un long silence.*

INÈS

Eh bien, Garcin ? Allez-vous-en.

GARCIN, *lentement.*

Je me demande pourquoi cette porte s'est ouverte.

INÈS

Qu'est-ce que vous attendez ? Allez, allez vite !

GARCIN

Je ne m'en irai pas.

INÈS

Et toi, Estelle ? *(Estelle ne bouge pas ; Inès éclate de rire.)* Alors ? Lequel ? Lequel des trois ? La voie est libre, qui nous retient ? Ha ! c'est à mourir de rire ! Nous sommes inséparables.

Estelle bondit sur elle par-derrière.

ESTELLE

Inséparables ? Garcin ! Aide-moi. Aide-moi vite. Nous la traînerons dehors et nous fermerons la porte sur elle ; elle va voir.

INÈS, *se débattant.*

Estelle ! Estelle ! Je t'en supplie, garde-moi. Pas dans le couloir, ne me jette pas dans le couloir !

GARCIN

Lâche-la.

ESTELLE

Tu es fou, elle te hait.

GARCIN

C'est à cause d'elle que je suis resté.

Estelle lâche Inès et regarde Garcin avec stupeur.

INÈS

A cause de moi? *(Un temps.)* Bon, eh bien, fermez la porte. Il fait dix fois plus chaud depuis qu'elle est ouverte. *(Garcin va vers la porte et la ferme.)* A cause de moi?

GARCIN

Oui. Tu sais ce que c'est qu'un lâche, toi.

INÈS

Oui, je le sais.

GARCIN

Tu sais ce que c'est que le mal, la honte, la peur. Il y a eu des jours où tu t'es vue jusqu'au cœur — et ça te cassait bras et jambes. Et le lendemain, tu ne savais plus que penser, tu n'arrivais plus à déchiffrer la révélation de la veille. Oui, tu connais le prix du mal. Et si tu dis que je suis un lâche, c'est en connaissance de cause, hein?

INÈS

Oui.

GARCIN

C'est toi que je dois convaincre : tu es de ma race. T'imaginais-tu que j'allais partir? Je ne pouvais pas te laisser ici, triomphante, avec toutes ces pensées dans la tête; toutes ces pensées qui me concernent.

INÈS

Tu veux vraiment me convaincre ?

GARCIN

Je ne peux plus rien d'autre. Je ne les entends plus, tu sais. C'est sans doute qu'ils en ont fini avec moi. Fini : l'affaire est classée, je ne suis plus rien sur terre, même plus un lâche. Inès, nous voilà seuls : il n'y a plus que vous deux pour penser à moi. Elle ne compte pas. Mais toi, toi qui me hais, si tu me crois, tu me sauves.

INÈS

Ce ne sera pas facile. Regarde-moi : j'ai la tête dure.

GARCIN

J'y mettrai le temps qu'il faudra.

INÈS

Oh! tu as tout le temps, *Tout* le temps.

GARCIN, *la prenant aux épaules.*

Écoute, chacun a son but, n'est-ce pas ? Moi, je me foutais de l'argent, de l'amour. Je voulais être un homme. Un dur. J'ai tout misé sur le même cheval. Est-ce que c'est possible qu'on soit un lâche quand on a choisi les chemins les plus dangereux ? Peut-on juger une vie sur un seul acte ?

INÈS

Pourquoi pas ? Tu as rêvé trente ans que tu avais du cœur ; et tu te passais mille petites faiblesses parce que tout est permis aux héros. Comme c'était commode ! Et puis, à l'heure du danger, on t'a mis au pied du mur et... tu as pris le train pour Mexico.

GARCIN

Je n'ai pas rêvé cet héroïsme. Je l'ai choisi. On est ce qu'on veut.

INÈS

Prouve-le. Prouve que ce n'était pas un rêve. Seuls les actes décident de ce qu'on a voulu.

GARCIN

Je suis mort trop tôt. On ne m'a pas laissé le temps de faire *mes* actes.

INÈS

On meurt toujours trop tôt — ou trop tard. Et cependant la vie est là, terminée : le trait est tiré, il faut faire la somme. Tu n'es rien d'autre que ta vie.

GARCIN

Vipère ! Tu as réponse à tout.

INÈS

Allons ! allons ! Ne perds pas courage. Il doit t'être facile de me persuader. Cherche des arguments, fais un effort. *(Garcin hausse les épaules.)* Eh bien, eh bien ? Je t'avais dit que tu étais vulnérable. Ah ! comme tu vas payer à présent.

Tu es un lâche, Garcin, un lâche parce que je le
veux. Je le veux, tu entends, je le veux ! Et
pourtant, vois comme je suis faible, un souffle ;
je ne suis rien que le regard qui te voit, que cette
pensée incolore qui te pense. *(Il marche sur elle,
les mains ouvertes.)* Ha ! elles s'ouvrent, ces
grosses mains d'homme. Mais qu'espères-tu ? On
n'attrape pas les pensées avec les mains. Allons,
tu n'as pas le choix : il faut me convaincre. Je te
tiens.

ESTELLE

Garcin !

GARCIN

Quoi ?

ESTELLE

Venge-toi.

GARCIN

Comment ?

ESTELLE

Embrasse-moi, tu l'entendras chanter.

GARCIN

C'est pourtant vrai, Inès. Tu me tiens, mais je
te tiens aussi.

Il se penche sur Estelle. Inès pousse un cri.

INÈS

Ha ! lâche ! lâche ! Va ! Va te faire consoler par
les femmes.

ESTELLE

Chante, Inès, chante !

INÈS

Le beau couple ! Si tu voyais sa grosse patte
posée à plat sur ton dos, froissant la chair et
l'étoffe. Il a les mains moites ; il transpire. Il
laissera une marque bleue sur ta robe.

ESTELLE

Chante ! Chante ! Serre-moi plus fort contre
toi, Garcin ; elle en crèvera.

INÈS

Mais oui, serre-la bien fort, serre-la ! Mêlez vos
chaleurs. C'est bon l'amour, hein Garcin ? C'est
tiède et profond comme le sommeil, mais je
t'empêcherai de dormir.

Geste de Garcin.

ESTELLE

Ne l'écoute pas. Prends ma bouche ; je suis à
toi tout entière.

INÈS

Eh bien, qu'attends-tu ? Fais ce qu'on te dit,
Garcin le lâche tient dans ses bras Estelle l'in-
fanticide. Les paris sont ouverts. Garcin le lâche
l'embrassera-t-il ? Je vous vois, je vous vois ; à
moi seule je suis une foule, la foule. Garcin, la
foule, l'entends-tu ? *(Murmurant.)* Lâche ! Lâche !
Lâche ! Lâche ! En vain tu me fuis, je ne te
lâcherai pas. Que vas-tu chercher sur ses lèvres ?
L'oubli ? Mais je ne t'oublierai pas, moi. C'est

moi qu'il faut convaincre. Moi. Viens, viens ! Je t'attends. Tu vois, Estelle, il desserre son étreinte, il est docile comme un chien... Tu ne l'auras pas !

GARCIN

Il ne fera donc jamais nuit ?

INÈS

Jamais.

GARCIN

Tu me verras toujours ?

INÈS

Toujours.

Garcin abandonne Estelle et fait quelques pas dans la pièce. Il s'approche du bronze.

GARCIN

Le bronze... *(Il le caresse.)* Eh bien, voici le moment. Le bronze est là, je le contemple et je comprends que je suis en enfer. Je vous dis que tout était prévu. Ils avaient prévu que je me tiendrais devant cette cheminée, pressant ma main sur ce bronze, avec tous ces regards sur moi. Tous ces regards qui me mangent... *(Il se retourne brusquement.)* Ha ! vous n'êtes que deux ? Je vous croyais beaucoup plus nombreuses. *(Il rit.)* Alors, c'est ça l'enfer. Je n'aurais jamais cru... Vous vous rappelez : le soufre, le bûcher, le gril... Ah ! quelle plaisanterie. Pas besoin de gril : l'enfer, c'est les Autres.

ESTELLE

Mon amour !

GARCIN, *la repoussant.*

Laisse-moi. Elle est entre nous. Je ne peux pas t'aimer quand elle me voit.

ESTELLE

Ha ! Eh bien, elle ne nous verra plus.

Elle prend le coupe-papier sur la table, se précipite sur Inès et lui porte plusieurs coups.

INÈS, *se débattant et riant.*

Qu'est-ce que tu fais, qu'est-ce que tu fais, tu es folle ? Tu sais bien que je suis morte.

ESTELLE

Morte ?

Elle laisse tomber le couteau. Un temps. Inès ramasse le couteau et s'en frappe avec rage.

INÈS

Morte ! Morte ! Morte ! Ni le couteau, ni le poison, ni la corde. C'est *déjà* fait, comprends-tu ? Et nous sommes ensemble pour toujours.

Elle rit.

ESTELLE, *éclatant de rire.*

Pour toujours, mon Dieu que c'est drôle ! Pour toujours !

GARCIN, *rit*
en les regardant toutes deux.

Pour toujours !

> *Ils tombent assis, chacun sur son canapé.*
> *Un long silence. Ils cessent de rire et se*
> *regardent. Garcin se lève.*

GARCIN

Eh bien, continuons.

RIDEAU

Les mouches

DRAME EN TROIS ACTES

à Charles Dullin

*en témoignage de reconnaissance
et d'amitié.*

Cette pièce a été créée au Théâtre de la Cité (direction Charles Dullin) *par :*

MM. Charles Dullin, Joffre, Paul Œtly, Jean Lannier, Norbert, Lucien Arnaud, Marcel d'Orval, Bender.

Mmes Perret, Olga Dominique, Cassan.

PERSONNAGES

JUPITER.
ORESTE.
ÉGISTHE.
LE PÉDAGOGUE.
PREMIER GARDE.
DEUXIÈME GARDE.
LE GRAND PRÊTRE.

ÉLECTRE.
CLYTEMNESTRE.
UNE ÉRINNYE.
UNE JEUNE FEMME.
UNE VIEILLE FEMME.

HOMMES ET FEMMES DU PEUPLE.
ÉRINNYES. SERVITEURS.
GARDES DU PALAIS.

ACTE PREMIER

Une place d'Argos. Une statue de Jupiter, dieu des mouches et de la mort. Yeux blancs, face barbouillée de sang.

SCÈNE PREMIÈRE

De vieilles femmes vêtues de noir entrent en procession et font des libations devant la statue. Un idiot, assis par terre au fond. Entrent Oreste et le Pédagogue, puis Jupiter.

ORESTE

Hé, bonnes femmes !

Elles se retournent toutes en poussant un cri.

LE PÉDAGOGUE

Pouvez-vous nous dire...

Elles crachent par terre en reculant d'un pas.

LE PÉDAGOGUE

Écoutez, vous autres, nous sommes des voyageurs égarés. Je ne vous demande qu'un renseignement.

Les vieilles femmes s'enfuient en laissant tomber leurs urnes.

LE PÉDAGOGUE

Vieilles carnes ! Dirait-on pas que j'en veux à leurs charmes ? Ah ! mon maître, le plaisant

voyage ! Et que vous fûtes bien inspiré de venir
ici quand il y a plus de cinq cents capitales, tant
en Grèce qu'en Italie, avec du bon vin, des
auberges accueillantes et des rues populeuses.
Ces gens de montagne semblent n'avoir jamais
vu de touristes ; j'ai demandé cent fois notre
chemin dans cette maudite bourgade qui rissole
au soleil. Partout ce sont les mêmes cris d'épou-
vante et les mêmes débandades, les lourdes
courses noires dans les rues aveuglantes. Pouah !
Ces rues désertes, l'air qui tremble, et ce soleil...
Qu'y a-t-il de plus sinistre que le soleil ?

ORESTE

Je suis né ici.

LE PÉDAGOGUE

Il paraît. Mais, à votre place, je ne m'en
vanterais pas.

ORESTE

Je suis né ici et je dois demander mon chemin
comme un passant. Frappe à cette porte !

LE PÉDAGOGUE

Qu'est-ce que vous espérez ? Qu'on vous répondra ? Regardez-les un peu, ces maisons, et
parlez-moi de l'air qu'elles ont. Où sont leurs
fenêtres ? Elles les ouvrent sur des cours bien
closes et bien sombres, j'imagine, et tournent
vers la rue leurs culs... *(Geste d'Oreste.)* C'est bon.
Je frappe, mais c'est sans espoir.

> *Il frappe. Silence. Il frappe encore ; la porte
> s'entrouvre.*

UNE VOIX

Qu'est-ce que vous voulez ?

LE PÉDAGOGUE

Un simple renseignement. Savez-vous où demeure...

La porte se referme brusquement.

LE PÉDAGOGUE

Allez vous faire pendre ! Êtes-vous content, seigneur Oreste, et l'expérience vous suffit-elle ? Je puis, si vous voulez, cogner à toutes les portes.

ORESTE

Non, laisse.

LE PÉDAGOGUE

Tiens ! Mais il y a quelqu'un ici. *(Il s'approche de l'idiot.)* Monseigneur !

L'IDIOT

Heu !

LE PÉDAGOGUE, *nouveau salut.*

Monseigneur !

L'IDIOT

Heu !

LE PÉDAGOGUE

Daignerez-vous nous indiquer la maison d'Égisthe ?

L'IDIOT

Heu !

LE PÉDAGOGUE

D'Égisthe, le roi d'Argos.

L'IDIOT

Heu ! Heu !

Jupiter passe au fond.

LE PÉDAGOGUE

Pas de chance ! Le premier qui ne s'enfuit pas, il est idiot. *(Jupiter repasse.)* Par exemple ! Il nous a suivis jusqu'ici.

ORESTE

Qui ?

LE PÉDAGOGUE

Le barbu.

ORESTE

Tu rêves.

LE PÉDAGOGUE

Je viens de le voir passer.

ORESTE

Tu te seras trompé.

LE PÉDAGOGUE

Impossible. De ma vie je n'ai vu pareille barbe, si j'en excepte une, de bronze, qui orne le visage de Jupiter Ahenobarbus, à Palerme. Tenez, le voilà qui repasse. Qu'est-ce qu'il nous veut ?

ORESTE

Il voyage, comme nous.

LE PÉDAGOGUE

Ouais ! Nous l'avons rencontré sur la route de Delphes. Et quand nous nous sommes embarqués à Itéa, il étalait déjà sa barbe sur le bateau. À Nauplie nous ne pouvions faire un pas sans l'avoir dans nos jambes, et à présent, le voilà ici. Cela vous paraît sans doute de simples coïncidences ? *(Il chasse les mouches de la main.)* Ah çà, les mouches d'Argos m'ont l'air beaucoup plus accueillantes que les personnes. Regardez celles-ci, mais regardez-les ! *(Il désigne l'œil de l'idiot.)* Elles sont douze sur son œil comme sur une tartine, et lui, cependant, il sourit aux anges, il a l'air d'aimer qu'on lui tète les yeux. Et, par le fait il vous sort de ces mirettes-là un suint blanc qui ressemble à du lait caillé. *(Il chasse les mouches.)* C'est bon, vous autres, c'est bon ! Tenez, les voilà sur vous. *(Il les chasse.)* Eh bien, cela vous met à l'aise : vous qui vous plaigniez tant d'être un étranger dans votre propre pays, ces bestioles vous font la fête, elles ont l'air de vous reconnaître. *(Il les chasse.)* Allons, paix ! paix ! pas d'effusions ! D'où viennent-elles ? Elles font plus de bruit que des crécelles et sont plus grosses que des libellules.

JUPITER, *qui s'était approché.*

Ce ne sont que des mouches à viande un peu grasses. Il y a quinze ans qu'une puissante odeur de charogne les attira sur la ville. Depuis lors elles engraissent. Dans quinze ans elles auront atteint la taille de petites grenouilles.

Un silence.

LE PÉDAGOGUE

A qui avons-nous l'honneur?

JUPITER

Mon nom est Démétrios. Je viens d'Athènes.

ORESTE

Je crois vous avoir vu sur le bateau, la quin-
zaine dernière.

JUPITER

Je vous ai vu aussi.

Cris horribles dans le palais.

LE PÉDAGOGUE

Hé là! Hé là! Tout cela ne me dit rien qui
vaille et je suis d'avis, mon maître, que nous
ferions mieux de nous en aller.

ORESTE

Tais-toi.

JUPITER

Vous n'avez rien à craindre. C'est la fête des
morts aujourd'hui. Ces cris marquent le
commencement de la cérémonie.

ORESTE

Vous semblez fort renseigné sur Argos.

JUPITER

J'y viens souvent. J'étais là, savez-vous, au
retour du roi Agamemnon, quand la flotte victo-
rieuse des Grecs mouilla dans la rade de Nau-

plie. On pouvait apercevoir les voiles blanches du haut des remparts. *(Il chasse les mouches.)* Il n'y avait pas encore de mouches, alors. Argos n'était qu'une petite ville de province, qui s'ennuyait indolemment sous le soleil. Je suis monté sur le chemin de ronde avec les autres, les jours qui suivirent, et nous avons longuement regardé le cortège royal qui cheminait dans la plaine. Au soir du deuxième jour la reine Clytemnestre parut sur les remparts, accompagnée d'Égisthe, le roi actuel. Les gens d'Argos virent leurs visages rougis par le soleil couchant ; ils les virent se pencher au-dessus des créneaux et regarder longtemps vers la mer ; et ils pensèrent : « Il va y avoir du vilain. » Mais ils ne dirent rien. Égisthe, vous devez le savoir, c'était l'amant de la reine Clytemnestre. Un ruffian qui, à l'époque, avait déjà de la propension à la mélancolie. Vous semblez fatigué ?

ORESTE

C'est la longue marche que j'ai faite et cette maudite chaleur. Mais vous m'intéressez.

JUPITER

Agamemnon était bon homme, mais il eut un grand tort, voyez-vous. Il n'avait pas permis que les exécutions capitales eussent lieu en public. C'est dommage. Une bonne pendaison, cela distrait, en province, et cela blase un peu les gens sur la mort. Les gens d'ici n'ont rien dit, parce qu'ils s'ennuyaient et qu'ils voulaient voir une mort violente. Ils n'ont rien dit quand ils ont vu leur roi paraître aux portes de la ville. Et quand ils ont vu Clytemnestre lui tendre ses beaux bras parfumés, ils n'ont rien dit. A ce moment-là il aurait suffi d'un mot, d'un seul mot, mais ils se sont tus, et chacun d'eux avait, dans sa tête, l'image d'un grand cadavre à la face éclatée.

ORESTE

Et vous, vous n'avez rien dit ?

JUPITER

Cela vous fâche, jeune homme ? J'en suis fort aise ; voilà qui prouve vos bons sentiments. Eh bien non, je n'ai pas parlé : je ne suis pas d'ici, et ce n'étaient pas mes affaires. Quant aux gens d'Argos, le lendemain, quand ils ont entendu leur roi hurler de douleur dans le palais, ils n'ont rien dit encore, ils ont baissé leurs paupières sur leurs yeux retournés de volupté, et la ville tout entière était comme une femme en rut.

ORESTE

Et l'assassin règne. Il a connu quinze ans de bonheur. Je croyais les Dieux justes.

JUPITER

Hé là ! N'incriminez pas les Dieux si vite. Faut-il donc toujours punir ? Valait-il pas mieux tourner ce tumulte au profit de l'ordre moral ?

ORESTE

C'est ce qu'ils ont fait ?

JUPITER

Ils ont envoyé les mouches.

LE PÉDAGOGUE

Qu'est-ce que les mouches ont à faire là-dedans ?

JUPITER

Oh ! c'est un symbole. Mais ce qu'ils ont fait, jugez-en sur ceci : vous voyez cette vieille cloporte, là-bas, qui trottine de ses petites pattes noires, en rasant les murs ; c'est un beau spécimen de cette faune noire et plate qui grouille dans les lézardes. Je bondis sur l'insecte, je le saisis et je vous le ramène. *(Il saute sur la vieille et la ramène sur le devant de la scène.)* Voilà ma pêche. Regardez-moi l'horreur ! Hou ! Tu clignes des yeux, et pourtant vous êtes habitués, vous autres, aux glaives rougis à blanc du soleil. Voyez ces soubresauts de poisson au bout d'une ligne. Dis-moi, la vieille, il faut que tu aies perdu des douzaines de fils : tu es noire de la tête aux pieds. Allons, parle et je te lâcherai peut-être. De qui portes-tu le deuil ?

LA VIEILLE

C'est le costume d'Argos.

JUPITER

Le costume d'Argos ? Ah ! je comprends. C'est le deuil de ton roi que tu portes, de ton roi assassiné.

LA VIEILLE

Tais-toi ! Pour l'amour de Dieu, tais-toi !

JUPITER

Car tu es assez vieille pour les avoir entendus, toi, ces énormes cris qui ont tourné en rond tout un matin dans les rues de la ville. Qu'as-tu fait ?

LA VIEILLE

Mon homme était aux champs, que pouvais-je faire ? J'ai verrouillé ma porte.

JUPITER

Oui, et tu as entrouvert ta fenêtre pour mieux entendre, et tu t'es mise aux aguets derrière tes rideaux, le souffle coupé, avec une drôle de chatouille au creux des reins.

LA VIEILLE

Tais-toi !

JUPITER

Tu as rudement bien dû faire l'amour cette nuit-là. C'était une fête, hein ?

LA VIEILLE

Ah ! Seigneur, c'était... une horrible fête.

JUPITER

Une fête rouge dont vous n'avez pu enterrer le souvenir.

LA VIEILLE

Seigneur ! Êtes-vous un mort ?

JUPITER

Un mort ! Va, va, folle ! Ne te soucie pas de ce que je suis ; tu feras mieux de t'occuper de toi-même et de gagner le pardon du Ciel par ton repentir.

LA VIEILLE

Ah ! je me repens, Seigneur, si vous saviez comme je me repens, et ma fille aussi se repent, et mon gendre sacrifie une vache tous les ans, et mon petit-fils, qui va sur ses sept ans, nous l'avons élevé dans la repentance : il est sage comme une image, tout blond et déjà pénétré par le sentiment de sa faute originelle.

JUPITER

C'est bon, va-t'en, vieille ordure, et tâche de crever dans le repentir. C'est ta seule chance de salut. *(La vieille s'enfuit.)* Ou je me trompe fort, mes maîtres, ou voilà de la bonne piété, à l'ancienne, solidement assise sur la terreur.

ORESTE

Quel homme êtes-vous ?

JUPITER

Qui se soucie de moi ? Nous parlions des Dieux. Eh bien, fallait-il foudroyer Égisthe ?

ORESTE

Il fallait... Ah ! je ne sais pas ce qu'il fallait, et je m'en moque ; je ne suis pas d'ici. Est-ce qu'Égisthe se repent ?

JUPITER

Égisthe ? J'en serais bien étonné. Mais qu'importe. Toute une ville se repent pour lui. Ça se compte au poids, le repentir. *(Cris horribles dans le palais.)* Écoutez ! Afin qu'ils n'oublient jamais les cris d'agonie de leur roi, un bouvier choisi

pour sa voix forte hurle ainsi, à chaque anniversaire, dans la grande salle du palais. *(Oreste fait
un geste de dégoût.)* Bah ! ce n'est rien ; que direz-
vous tout à l'heure, quand on lâchera les morts.
Il y a quinze ans, jour pour jour, qu'Agamemnon
fut assassiné. Ah ! qu'il a changé depuis, le
peuple léger d'Argos, et qu'il est proche à présent
de mon cœur !

ORESTE

De *votre* cœur ?

JUPITER

Laissez, laissez, jeune homme. Je parlais pour
moi-même. J'aurais dû dire : proche du cœur des
Dieux.

ORESTE

Vraiment ? Des murs barbouillés de sang, des
millions de mouches, une odeur de boucherie,
une chaleur de cloporte, des rues désertes, un
Dieu à face d'assassiné, des larves terrorisées qui
se frappent la poitrine au fond de leurs maisons
— et ces cris, ces cris insupportables : est-ce là ce
qui plaît à Jupiter ?

JUPITER

Ah ! ne jugez pas les Dieux, jeune homme, ils
ont des secrets douloureux.

Un silence.

ORESTE

Agamemnon avait une fille, je crois ? Une fille
du nom d'Électre ?

JUPITER

Oui. Elle vit ici. Dans le palais d'Égisthe —
que voilà.

ORESTE

Ah ! c'est le palais d'Égisthe ? — Et que pense
Électre de tout ceci ?

JUPITER

Bah ! C'est une enfant. Il y avait un fils aussi,
un certain Oreste. On le dit mort.

ORESTE

Mort ! Parbleu...

LE PÉDAGOGUE

Mais oui, mon maître, vous savez bien qu'il est
mort. Les gens de Nauplie nous ont conté qu'É-
gisthe avait donné l'ordre de l'assassiner, peu
après la mort d'Agamemnon.

JUPITER

Certains ont prétendu qu'il était vivant. Ses
meurtriers, pris de pitié, l'auraient abandonné
dans la forêt. Il aurait été recueilli et élevé par de
riches bourgeois d'Athènes. Pour moi, je souhaite qu'il soit mort.

ORESTE

Pourquoi, s'il vous plaît ?

JUPITER

Imaginez qu'il se présente un jour aux portes
de cette ville...

ORESTE

Eh bien ?

JUPITER

Bah ! Tenez, si je le rencontrais alors, je lui
dirais... je lui dirais ceci : « Jeune homme... » Je
l'appellerais : jeune homme, car il a votre âge, à
peu près, s'il vit. A propos, Seigneur, me direz-
vous votre nom ?

ORESTE

Je me nomme Philèbe et je suis de Corinthe. Je
voyage pour m'instruire, avec un esclave qui fut
mon précepteur.

JUPITER

Parfait. Je dirais donc : « Jeune homme, allez-
vous-en ! Que cherchez-vous ici ? Vous voulez
faire valoir vos droits ? Eh ! vous êtes ardent et
fort, vous feriez un brave capitaine dans une
armée bien batailleuse, vous avez mieux à faire
qu'à régner sur une ville à demi morte, une
charpente de ville tourmentée par les mouches.
Les gens d'ici sont de grands pécheurs, mais
voici qu'ils se sont engagés dans la voie du
rachat. Laissez-les jeune homme, laissez-les, res-
pectez leur douloureuse entreprise, éloignez-
vous sur la pointe des pieds. Vous ne sauriez
partager leur repentir, car vous n'avez pas eu de
part à leur crime, et votre impertinente innocence vous sépare d'eux, comme un fossé profond. Allez-vous-en, si vous les aimez un peu.
Allez-vous-en, car vous allez les perdre : pour
peu que vous les arrêtiez en chemin, que vous les

détourniez, fût-ce un instant, de leurs remords,
toutes leurs fautes vont se figer sur eux comme
de la graisse refroidie. Ils ont mauvaise
conscience — ils ont peur — et la peur, la
mauvaise conscience ont un fumet délectable
pour les narines des Dieux. Oui, elles plaisent
aux Dieux, ces âmes pitoyables. Voudriez-vous
leur ôter la faveur divine ? Et que leur donnerez-
vous en échange ? Des digestions tranquilles, la
paix morose des provinces et l'ennui, ah ! l'ennui
si quotidien du bonheur. Bon voyage, jeune
homme, bon voyage ; l'ordre d'une cité et l'ordre
des âmes sont instables : si vous y touchez, vous
provoquerez une catastrophe. *(Le regardant dans
les yeux.)* Une terrible catastrophe qui retombera
sur vous.

ORESTE

Vraiment ? C'est là ce que vous diriez ? Eh
bien, si j'étais, moi, ce jeune homme, je vous
répondrais... *(Ils se mesurent du regard ; le Pédagogue tousse.)* Bah ! Je ne sais pas ce que je vous
répondrais. Peut-être avez-vous raison, et puis
cela ne me regarde pas.

JUPITER

A la bonne heure. Je souhaiterais qu'Oreste fût
aussi raisonnable. Allons, la paix soit sur vous ; il
faut que j'aille à mes affaires.

ORESTE

La paix soit sur vous.

JUPITER

A propos, si ces mouches vous ennuient, voici
le moyen de vous en débarrasser ; regardez cet

essaim qui vrombit autour de vous : je fais un mouvement du poignet, un geste du bras, et je dis : « Abraxas, galla, galla, tsé, tsé. » Et voyez : les voilà qui dégringolent et qui se mettent à ramper par terre comme des chenilles.

ORESTE

Par Jupiter !

JUPITER

Ce n'est rien. Un petit talent de société. Je suis charmeur de mouches, à mes heures. Bonjour. Je vous reverrai.

Il sort.

SCÈNE II

ORESTE, LE PÉDAGOGUE

LE PÉDAGOGUE

Méfiez-vous. Cet homme-là sait qui vous êtes.

ORESTE

Est-ce un homme ?

LE PÉDAGOGUE

Ah ! mon maître, que vous me peinez ! Que faites-vous donc de mes leçons et de ce scepticisme souriant que je vous enseignai ? « Est-ce un homme ? » Parbleu, il n'y a que des hommes,

et c'est déjà bien assez. Ce barbu est un homme,
quelque espion d'Égisthe.

ORESTE

Laisse ta philosophie. Elle m'a fait trop de
mal.

LE PÉDAGOGUE

Du mal ! Est-ce donc nuire aux gens que de
leur donner la liberté d'esprit ? Ah ! comme vous
avez changé ! Je lisais en vous autrefois... Me
direz-vous enfin ce que vous méditez ? Pourquoi
m'avoir entraîné ici ? Et qu'y voulez-vous faire ?

ORESTE

T'ai-je dit que j'avais quelque chose à y faire ?
Allons ! Tais-toi. *(Il s'approche du palais.)* Voilà
mon palais. C'est là que mon père est né. C'est là
qu'une putain et son maquereau l'ont assassiné.
J'y suis né aussi, moi. J'avais près de trois ans
quand les soudards d'Égisthe m'emportèrent.
Nous sommes sûrement passés par cette porte ;
l'un d'eux me tenait dans ses bras, j'avais les
yeux grands ouverts et je pleurais sans doute...
Ah ! pas le moindre souvenir. Je vois une grande
bâtisse muette, guindée dans sa solennité pro-
vinciale. Je la *vois* pour la première fois.

LE PÉDAGOGUE

Pas de souvenirs, maître ingrat, quand j'ai
consacré dix ans de ma vie à vous en donner ? Et
tous ces voyages que nous fîmes ? Et ces villes
que nous visitâmes ? Et ce cours d'archéologie
que je professai pour vous seul ? Pas de souvenirs ? Il y avait naguère tant de palais, de

sanctuaires et de temples pour peupler votre
mémoire, que vous eussiez pu, comme le géo-
graphe Pausanias, écrire un guide de Grèce.

ORESTE

Des palais! C'est vrai. Des palais, des
colonnes, des statues! Pourquoi ne suis-je pas
plus lourd, moi qui ai tant de pierres dans la
tête? Et les trois cent quatre-vingt-sept marches
du temple d'Éphèse, tu ne m'en parles pas? Je
les ai gravies une à une, et je me les rappelle
toutes. La dix-septième, je crois, était brisée. Ah!
un chien, un vieux chien qui se chauffe, couché
près du foyer, et qui se soulève un peu, à l'entrée
de son maître, en gémissant doucement, pour le
saluer, un chien a plus de mémoire que moi :
c'est *son* maître qu'il reconnaît. *Son* maître. Et
qu'est-ce qui est à moi?

LE PÉDAGOGUE

Que faites-vous de la culture, monsieur? Elle
est à vous, votre culture, et je vous l'ai composée
avec amour, comme un bouquet, en assortissant
les fruits de ma sagesse et les trésors de mon
expérience. Ne vous ai-je pas fait, de bonne
heure, lire tous les livres pour vous familiariser
avec la diversité des opinions humaines et par-
courir cent États, en vous remontrant en chaque
circonstance comme c'est chose variable que les
mœurs des hommes? A présent vous voilà jeune,
riche et beau, avisé comme un vieillard, affran-
chi de toutes les servitudes et de toutes les
croyances, sans famille, sans patrie, sans reli-
gion, sans métier, libre pour tous les engage-
ments et sachant qu'il ne faut jamais s'engager,

un homme supérieur enfin, capable par surcroît d'enseigner la philosophie ou l'architecture dans une grande ville universitaire, et vous vous plaignez !

ORESTE

Mais non : je ne me plains pas. Je ne peux pas me plaindre : tu m'as laissé la liberté de ces fils que le vent arrache aux toiles d'araignée et qui flottent à dix pieds du sol ; je ne pèse pas plus qu'un fil et je vis en l'air. Je sais que c'est une chance et je l'apprécie comme il convient. *(Un temps.)* Il y a des hommes qui naissent engagés : ils n'ont pas le choix, on les a jetés sur un chemin, au bout du chemin il y a un acte qui les attend, *leur acte* ; ils vont, et leurs pieds nus pressent fortement la terre et s'écorchent aux cailloux. Ça te paraît vulgaire, à toi, la joie d'aller *quelque part ?* Et il y en a d'autres, des silencieux, qui sentent au fond de leur cœur le poids d'images troubles et terrestres ; leur vie a été changée parce que, un jour de leur enfance, à cinq ans, à sept ans... C'est bon : ce ne sont pas des hommes supérieurs. Je savais déjà, moi, à sept ans, que j'étais exilé ; les odeurs et les sons, le bruit de la pluie sur les toits, les tremblements de la lumière, je les laissais glisser le long de mon corps et tomber autour de moi ; je savais qu'ils appartenaient aux autres, et que je ne pourrais jamais en faire *mes* souvenirs. Car les souvenirs sont de grasses nourritures pour ceux qui possèdent les maisons, les bêtes, les domestiques et les champs. Mais moi... Moi, je suis libre, Dieu merci. Ah ! comme je suis libre. Et quelle superbe absence que mon âme. *(Il s'approche du palais.)* J'aurais vécu là. Je n'aurais lu aucun de tes livres, et peut-être je n'aurais pas su lire : il est rare qu'un prince sache lire. Mais, par cette porte, je serais entré et sorti dix mille fois. Enfant, j'aurais joué avec ses battants, je me serais arc-bouté contre eux, ils auraient grincé sans céder, et mes bras auraient appris leur résistance. Plus tard, je les aurais poussés, la nuit, en cachette, pour aller retrouver des filles. Et, plus tard encore, au jour de ma majorité, les esclaves auraient ouvert la porte toute grande et j'en aurais franchi le seuil à cheval. Ma vieille porte de bois. Je saurais trouver, les yeux fermés, ta serrure. Et cette éraflure, là, en bas, c'est moi peut-être qui te l'aurais faite, par maladresse, le premier jour qu'on m'aurait confié une lance. *(Il s'écarte.)* Style petit-dorien, pas vrai ? Et que dis-tu des incrustations d'or ? J'ai vu les pareilles à Dodone : c'est du beau travail. Allons, je vais te faire plaisir : ce n'est pas *mon* palais, ni *ma* porte. Et nous n'avons rien à faire ici.

LE PÉDAGOGUE

Vous voilà raisonnable. Qu'auriez-vous gagné à y vivre ? Votre âme, à l'heure qu'il est, serait terrorisée par un abject repentir.

ORESTE, *avec éclat.*

Au moins serait-il à moi. Et cette chaleur qui roussit mes cheveux, elle serait à moi. A moi le bourdonnement de ces mouches. A cette heure-ci, nu dans une chambre sombre du palais, j'observerais par la fente d'un volet la couleur rouge de la lumière, j'attendrais que le soleil décline et que monte du sol, comme une odeur, l'ombre fraîche d'un soir d'Argos, pareil à cent mille autres et toujours neuf, l'ombre d'un soir à moi. Allons-nous-en, Pédagogue ; est-ce que tu ne comprends pas que nous sommes en train de croupir dans la chaleur des autres ?

LE PÉDAGOGUE

Ah ! Seigneur, que vous me rassurez. Ces derniers mois — pour être exact, depuis que je vous ai révélé votre naissance — je vous voyais changer de jour en jour, et je ne dormais plus. Je craignais...

ORESTE

Quoi ?

LE PÉDAGOGUE

Mais vous allez vous fâcher.

ORESTE

Non. Parle.

LE PÉDAGOGUE

Je craignais — on a beau s'être entraîné de bonne heure à l'ironie sceptique, il vous vient parfois de sottes idées — bref, je me demandais si vous ne méditiez pas de chasser Égisthe et de prendre sa place.

ORESTE, *lentement.*

Chasser Égisthe ? *(Un temps.)* Tu peux te rassurer, bonhomme, il est trop tard. Ce n'est pas l'envie qui me manque, de saisir par la barbe ce ruffian de sacristie et de l'arracher du trône de mon père. Mais quoi ? qu'ai-je à faire avec ces

gens ? Je n'ai pas vu naître un seul de leurs
enfants, ni assisté aux noces de leurs filles, je ne
partage pas leurs remords et je ne connais pas un
seul de leurs noms. C'est le barbu qui a raison :
un roi doit avoir les mêmes souvenirs que ses
sujets. Laissons-les, bonhomme. Allons-nous-en.
Sur la pointe des pieds. Ah ! s'il était un acte,
vois-tu, un acte qui me donnât droit de cité
parmi eux ; si je pouvais m'emparer, fût-ce par
un crime, de leurs mémoires, de leur terreur et
de leurs espérances pour combler le vide de mon
cœur, dussé-je tuer ma propre mère...

LE PÉDAGOGUE

Seigneur !

ORESTE

Oui. Ce sont des songes. Partons. Vois si l'on
pourra nous procurer des chevaux, et nous pous-
serons jusqu'à Sparte, où j'ai des amis.

Entre Électre.

SCÈNE III

LES MÊMES, ÉLECTRE

ÉLECTRE, *portant une caisse,*
s'approche sans les voir de la statue de Jupiter.

Ordure ! Tu peux me regarder, va ! avec tes
yeux ronds dans ta face barbouillée de jus de

framboise, tu ne me fais pas peur. Dis, elles sont
venues, ce matin, les saintes femmes, les vieilles
toupies en robe noire. Elles ont fait craquer leurs
gros souliers autour de toi. Tu étais content,
hein, croquemitaine, tu les aimes, les vieilles ;
plus elles ressemblent à des mortes et plus tu les
aimes. Elles ont répandu à tes pieds leurs vins
les plus précieux parce que c'est ta fête, et des
relents moisis montaient de leurs jupes à ton
nez ; tes narines sont encore chatouillées de ce
parfum délectable. *(Se frottant à lui.)* Eh bien,
sens-moi, à présent, sens mon odeur de chair
fraîche. Je suis jeune, moi, je suis vivante, ça doit
te faire horreur. Moi aussi, je viens te faire mes
offrandes pendant que toute la ville est en prière.
Tiens : voilà des épluchures et toute la cendre du
foyer, et de vieux bouts de viande grouillants de
vers, et un morceau de pain souillé, dont nos
porcs n'ont pas voulu, elles aimeront ça, tes
mouches. Bonne fête, va, bonne fête, et souhai-
tons que ce soit la dernière. Je ne suis pas bien
forte et je ne peux pas te flanquer par terre. Je
peux te cracher dessus, c'est tout ce que je peux
faire. Mais il viendra, celui que j'attends, avec sa
grande épée. Il te regardera en rigolant, comme
ça, les mains sur les hanches et renversé en
arrière. Et puis il tirera son sabre et il te fendra
de haut en bas, comme ça ! Alors les deux moitiés
de Jupiter dégringoleront, l'une à gauche, l'autre
à droite, et tout le monde verra qu'il est en bois
blanc. Il est en bois tout blanc, le dieu des morts.
L'horreur et le sang sur le visage et le vert
sombre des yeux, ça n'est qu'un vernis, pas vrai ?
Toi tu sais que tu es tout blanc à l'intérieur,
blanc comme un corps de nourrisson ; tu sais

qu'un coup de sabre te fendra net et que tu ne
pourras même pas saigner. Du bois blanc! Du
bon bois blanc : ça brûle bien. *(Elle aperçoit
Oreste.)* Ah!

ORESTE

N'aie pas peur.

ÉLECTRE

Je n'ai pas peur: Pas peur du tout. Qui es-tu?

ORESTE

Un étranger.

ÉLECTRE

Sois le bienvenu. Tout ce qui est étranger à
cette ville m'est cher. Quel est ton nom?

ORESTE

Je m'appelle Philèbe et je suis de Corinthe.

ÉLECTRE

Ah? De Corinthe? Moi, on m'appelle Électre.

ORESTE

Électre. *(Au Pédagogue.)* Laisse-nous.

Le Pédagogue sort.

SCÈNE IV

ORESTE, ÉLECTRE

ÉLECTRE

Pourquoi me regardes-tu ainsi ?

ORESTE

Tu es belle. Tu ne ressembles pas aux gens d'ici.

ÉLECTRE

Belle ? Tu es sûr que je suis belle ? Aussi belle que les filles de Corinthe ?

ORESTE

Oui.

ÉLECTRE

Ils ne me le disent pas, ici. Ils ne veulent pas que je le sache. D'ailleurs à quoi ça me sert-il, je ne suis qu'une servante.

ORESTE

Servante ? Toi ?

ÉLECTRE

La dernière des servantes. Je lave le linge du roi et de la reine. C'est un linge fort sale et plein d'ordures. Tous leurs dessous, les chemises qui ont enveloppé leurs corps pourris, celle que revêt Clytemnestre quand le roi partage sa couche : il

faut que je lave tout ça. Je ferme les yeux et je
frotte de toutes mes forces. Je fais la vaisselle
aussi. Tu ne me crois pas ? Regarde mes mains. Il
y en a, hein, des gerçures et des crevasses ? Quels
drôles d'yeux tu fais. Est-ce qu'elles auraient
l'air, par hasard de mains de princesse ?

ORESTE

Pauvres mains. Non. Elles n'ont pas l'air de
mains de princesse. Mais poursuis. Qu'est-ce
qu'ils te font faire encore ?

ÉLECTRE

Eh bien, tous les matins, je dois vider la caisse
d'ordures. Je la traîne hors du palais et puis... tu
as vu ce que j'en fais, des ordures. Ce bonhomme
de bois, ce Jupiter, dieu de la mort et des
mouches. L'autre jour, le Grand Prêtre, qui
venait lui faire ses courbettes, a marché sur des
trognons de choux et de navets, sur des coques
de moules. Il a pensé perdre l'esprit. Dis, vas-tu
me dénoncer ?

ORESTE

Non.

ÉLECTRE

Dénonce-moi si tu veux, je m'en moque.
Qu'est-ce qu'ils peuvent me faire de plus ? Me
battre ? Ils m'ont déjà battue. M'enfermer dans
une grande tour, tout en haut ? Ça ne serait pas
une mauvaise idée, je ne verrais plus leurs
visages. Le soir, imagine, quand j'ai fini mon
travail, ils me récompensent : il faut que je
m'approche d'une grosse et grande femme aux

cheveux teints. Elle a des lèvres grasses et des mains très blanches, des mains de reine qui sentent le miel. Elle pose ses mains sur mes épaules, elle colle ses lèvres sur mon front, elle dit : « Bonsoir Électre. » Tous les soirs. Tous les soirs je sens vivre contre ma peau cette viande chaude et goulue. Mais je me tiens, je ne suis jamais tombée. C'est ma mère, tu comprends. Si j'étais dans la tour, elle ne m'embrasserait plus.

ORESTE

Tu n'as jamais songé à t'enfuir ?

ÉLECTRE

Je n'ai pas ce courage-là : j'aurais peur, seule sur les routes.

ORESTE

N'as-tu pas une amie qui puisse t'accompagner ?

ÉLECTRE

Non, je n'ai que moi. Je suis une gale, une peste : les gens d'ici te le diront. Je n'ai pas d'amies.

ORESTE

Quoi, pas même une nourrice, une vieille femme qui t'ait vue naître et qui t'aime un peu ?

ÉLECTRE

Pas même. Demande à ma mère : je découragerais les cœurs les plus tendres.

ORESTE

Et tu demeureras ici toute ta vie ?

ÉLECTRE, *dans un cri.*

Ah ! pas toute ma vie ! Non ; écoute ; j'attends quelque chose.

ORESTE

Quelque chose ou quelqu'un ?

ÉLECTRE

Je ne te le dirai pas. Parle plutôt. Tu es beau, toi aussi. Vas-tu rester longtemps ?

ORESTE

Je devais partir aujourd'hui même. Et puis à présent...

ÉLECTRE

A présent ?

ORESTE

Je ne sais plus.

ÉLECTRE

C'est une belle ville, Corinthe ?

ORESTE

Très belle.

ÉLECTRE

Tu l'aimes bien ? Tu en es fier ?

ORESTE

Oui.

ÉLECTRE

Ça me semblerait drôle, à moi, d'être fière de ma ville natale. Explique-moi...

ORESTE

Eh bien... Je ne sais pas. Je ne peux pas t'expliquer.

ÉLECTRE

Tu ne *peux* pas ? *(Un temps.)* C'est vrai qu'il y a des places ombragées à Corinthe ? Des places où l'on se promène le soir ?

ORESTE

C'est vrai.

ÉLECTRE

Et tout le monde est dehors ? Tout le monde se promène ?

ORESTE

Tout le monde.

ÉLECTRE

Les garçons avec les filles ?

ORESTE

Les garçons avec les filles.

ÉLECTRE

Et ils ont toujours quelque chose à se dire ? Et ils se plaisent bien les uns avec les autres ? Et on les entend, tard dans la nuit, rire ensemble ?

ORESTE

Oui.

ÉLECTRE

Je te parais niaise ? C'est que j'ai tant de peine à imaginer des promenades, des chants, des

sourires. Les gens d'ici sont rongés par la peur.
Et moi...

ORESTE

Toi ?

ÉLECTRE

Par la haine. Et qu'est-ce qu'elles font toute la
journée, les jeunes filles de Corinthe ?

ORESTE

Elles se parent, et puis elles chantent ou elles
touchent du luth, et puis elles rendent visite à
leurs amies et, le soir, elles vont au bal

ÉLECTRE

Et elles n'ont aucun souci ?

ORESTE

Elles en ont de tout petits.

ÉLECTRE

Ah ? Écoute-moi : les gens de Corinthe, est-ce
qu'ils ont des remords ?

ORESTE

Quelquefois. Pas souvent.

ÉLECTRE

Alors ils font ce qu'ils veulent et puis après ils
n'y pensent plus ?

ORESTE

C'est cela.

ÉLECTRE

C'est drôle. *(Un temps.)* Et dis-moi encore ceci,
car j'ai besoin de le savoir à cause de quelqu'un...
de quelqu'un que j'attends : suppose qu'un gars
de Corinthe, un de ces gars qui rient le soir avec
les filles, trouve, au retour d'un voyage, son père
assassiné, sa mère dans le lit du meurtrier et sa
sœur en esclavage, est-ce qu'il filerait doux, le
gars de Corinthe, est-ce qu'il s'en irait à recu-
lons, en faisant des révérences, chercher des
consolations auprès de ses amies ? ou bien est-ce
qu'il sortirait son épée et est-ce qu'il cognerait
sur l'assassin jusqu'à lui faire éclater la tête ? —
Tu ne réponds pas ?

ORESTE

Je ne sais pas.

ÉLECTRE

Comment ? Tu ne sais pas ?

VOIX DE CLYTEMNESTRE

Électre !

ÉLECTRE

Chut !

ORESTE

Qu'y a-t-il ?

ÉLECTRE

C'est ma mère, la reine Clytemnestre.

SCÈNE V

ORESTE, ÉLECTRE, CLYTEMNESTRE

ÉLECTRE

Eh bien, Philèbe ? Elle te fait donc peur ?

ORESTE

Cette tête, j'ai tenté cent fois de l'imaginer et j'avais fini par la *voir*, lasse et molle sous l'éclat des fards. Mais je ne m'attendais pas à ces yeux morts.

CLYTEMNESTRE

Électre, le roi t'ordonne de t'apprêter pour la cérémonie. Tu mettras ta robe noire et tes bijoux. Eh bien ? Que signifient ces yeux baissés ? Tu serres les coudes contre tes hanches maigres, ton corps t'embarrasse... Tu es souvent ainsi en ma présence ; mais je ne me laisserai plus prendre à ces singeries : tout à l'heure, par la fenêtre, j'ai vu une autre Électre, aux gestes larges, aux yeux pleins de feu... Me regarderas-tu en face ? Me répondras-tu, à la fin ?

ÉLECTRE

Avez-vous besoin d'une souillon pour rehausser l'éclat de votre fête ?

CLYTEMNESTRE

Pas de comédie. Tu es princesse, Électre, et le peuple t'attend, comme chaque année.

ÉLECTRE

Je suis princesse, en vérité ? Et vous vous en souvenez une fois l'an, quand le peuple réclame un tableau de notre vie de famille pour son édification ? Belle princesse, qui lave la vaisselle et garde les cochons ! Égisthe m'entourera-t-il les épaules de son bras, comme l'an dernier, et sourira-t-il contre ma joue en murmurant à mon oreille des paroles de menace ?

CLYTEMNESTRE

Il dépend de toi qu'il en soit autrement.

ÉLECTRE

Oui, si je me laisse infecter par vos remords et si j'implore le pardon des Dieux pour un crime que je n'ai pas commis. Oui, si je baise les mains d'Égisthe en l'appelant mon père. Pouah ! Il a du sang séché sous les ongles.

CLYTEMNESTRE

Fais ce que tu veux. Il y a longtemps que j'ai renoncé à te donner des ordres en mon nom. Je t'ai transmis ceux du roi.

ÉLECTRE

Qu'ai-je à faire des ordres d'Égisthe ? C'est votre mari, ma mère, votre très cher mari, non le mien.

CLYTEMNESTRE

Je n'ai rien à te dire, Électre. Je vois que tu travailles à ta perte et à la nôtre. Mais comment te conseillerais-je, moi qui ai ruiné ma vie en un seul matin ? Tu me hais, mon enfant, mais ce qui m'inquiète davantage, c'est que tu me ressembles : j'ai eu ce visage pointu, ce sang inquiet, ces yeux sournois — et il n'en est rien sorti de bon.

ÉLECTRE

Je ne veux pas vous ressembler ! Dis, Philèbe, toi qui nous vois toutes deux, l'une près de l'autre, ça n'est pas vrai, je ne lui ressemble pas ?

ORESTE

Que dire ? Son visage semble un champ ravagé par la foudre et la grêle. Mais il y a sur le tien comme une promesse d'orage : un jour la passion va le brûler jusqu'à l'os.

ÉLECTRE

Une promesse d'orage ? Soit. Cette ressemblance-là, je l'accepte. Puisses-tu dire vrai.

CLYTEMNESTRE

Et toi ? Toi qui dévisages ainsi les gens, qui donc es-tu ? Laisse-moi te regarder à mon tour. Et que fais-tu ici ?

ÉLECTRE, *vivement.*

C'est un Corinthien du nom de Philèbe. Il voyage.

CLYTEMNESTRE

Philèbe ? Ah !

ÉLECTRE

Vous sembliez craindre un autre nom ?

CLYTEMNESTRE

Craindre ? Si j'ai gagné quelque chose à me perdre, c'est que je ne peux plus rien craindre, à présent. Approche, étranger, et sois le bienvenu. Comme tu es jeune. Quel âge as-tu donc ?

ORESTE

Dix-huit ans.

CLYTEMNESTRE

Tes parents vivent encore ?

ORESTE

Mon père est mort.

CLYTEMNESTRE

Et ta mère ? Elle doit avoir mon âge à peu près ? Tu ne dis rien ? C'est qu'elle te paraît plus jeune que moi sans doute, elle peut encore rire et chanter en ta compagnie. L'aimes-tu ? Mais réponds ? Pourquoi l'as-tu quittée ?

ORESTE

Je vais m'engager à Sparte, dans les troupes mercenaires.

CLYTEMNESTRE

Les voyageurs font à l'ordinaire un détour de vingt lieues pour éviter notre ville. On ne t'a donc pas prévenu ? Les gens de la plaine nous ont mis en quarantaine : ils regardent notre repentir comme une peste, et ils ont peur d'être contaminés.

ORESTE

Je le sais.

CLYTEMNESTRE

Ils t'ont dit qu'un crime inexpiable, commis voici quinze ans, nous écrasait ?

ORESTE

Ils me l'ont dit.

CLYTEMNESTRE

Que la reine Clytemnestre était la plus coupable ? Que son nom était maudit entre tous ?

ORESTE

Ils me l'ont dit.

CLYTEMNESTRE

Et tu es venu pourtant ? Étranger, je suis la reine Clytemnestre.

ÉLECTRE

Ne t'attendris pas, Philèbe, la reine se divertit à notre jeu national : le jeu des confessions publiques. Ici, chacun crie ses péchés à la face de tous ; et il n'est pas rare, aux jours fériés, de voir quelque commerçant, après avoir baissé le rideau de fer de sa boutique, se traîner sur les genoux dans les rues, frottant ses cheveux de poussière et hurlant qu'il est un assassin, un adultère ou un prévaricateur. Mais les gens d'Argos commencent à se blaser : chacun connaît par cœur les crimes des autres ; ceux de la reine en particulier n'amusent plus personne, ce sont des crimes officiels, des crimes de fonda-

tion, pour ainsi dire. Je te laisse à penser sa joie
lorsqu'elle t'a vu, tout jeune, tout neuf, ignorant
jusqu'à son nom : quelle occasion exception-
nelle ! Il lui semble qu'elle se confesse pour la
première fois.

CLYTEMNESTRE

Tais-toi. N'importe qui peut me cracher au
visage, en m'appelant criminelle et prostituée.
Mais personne n'a le droit de juger mes remords.

ÉLECTRE

Tu vois, Philèbe : c'est la règle du jeu. Les gens
vont t'implorer pour que tu les condamnes. Mais
prends bien garde de ne les juger que sur les
fautes qu'ils t'avouent : les autres ne regardent
personne, et ils te sauraient mauvais gré de les
découvrir.

CLYTEMNESTRE

Il y a quinze ans, j'étais la plus belle femme de
Grèce. Vois mon visage, et juge de ce que j'ai
souffert. Je te le dis sans fard ! ce n'est pas la
mort du vieux bouc que je regrette ! Quand je l'ai
vu saigner dans sa baignoire, j'ai chanté de joie,
j'ai dansé. Et aujourd'hui encore, après quinze
ans passés, je n'y songe pas sans un tressaille-
ment de plaisir. Mais j'avais un fils — il aurait
ton âge. Quand Égisthe l'a livré aux mercenaires, je...

ÉLECTRE

Vous aviez une fille aussi, ma mère, il me
semble. Vous en avez fait une laveuse de vais-

selle. Mais cette faute-là ne vous tourmente pas
beaucoup.

CLYTEMNESTRE

Tu es jeune, Électre. Il a beau jeu de condam-
ner celui qui est jeune et qui n'a pas eu le temps
de faire le mal. Mais patience : un jour, tu
traîneras après toi un crime irréparable. A chaque pas tu croiras t'en éloigner, et pourtant il
sera toujours aussi lourd à traîner. Tu te retour-
neras et tu le verras derrière toi, hors d'atteinte,
sombre et pur comme un cristal noir. Et tu ne le
comprendras même plus, tu diras : « Ce n'est
pas moi, ce n'est pas *moi* qui l'ai fait. » Pourtant,
il sera là, cent fois renié, toujours là, à te tirer en
arrière. Et tu sauras enfin que tu as engagé ta vie
sur un seul coup de dés, une fois pour toutes, et
que tu n'as plus rien à faire qu'à haler ton crime
jusqu'à ta mort. Telle est la loi, juste et injuste,
du repentir. Nous verrons alors ce que deviendra
ton jeune orgueil.

ÉLECTRE

Mon *jeune* orgueil ? Allez, c'est votre jeunesse
que vous regrettez, plus encore que votre crime ;
c'est ma jeunesse que vous haïssez, plus encore
que mon innocence.

CLYTEMNESTRE

Ce que je hais en toi, Électre, c'est moi-même.
Ce n'est pas ta jeunesse — oh non ! — c'est la
mienne.

ÉLECTRE

Et moi, c'est *vous*, c'est bien *vous* que je hais.

CLYTEMNESTRE

Honte! Nous nous injurions comme deux
femmes de même âge qu'une rivalité amoureuse
a dressées l'une contre l'autre. Et pourtant je
suis ta mère. Je ne sais qui tu es, jeune homme,
ni ce que tu viens faire parmi nous, mais ta
présence est néfaste. Électre me déteste, et je ne
l'ignore pas. Mais nous avons durant quinze
années gardé le silence, et seuls nos regards nous
trahissaient. Tu es venu, tu nous as parlé, et nous
voilà, montrant les dents et grondant comme des
chiennes. Les lois de la cité nous font un devoir
de t'offrir l'hospitalité, mais, je ne te le cache
pas, je souhaite que tu t'en ailles. Quant à toi,
mon enfant, ma trop fidèle image, je ne t'aime
pas, c'est vrai. Mais je me couperais plutôt la
main droite que de te nuire. Tu ne le sais que
trop ; tu abuses de ma faiblesse. Mais je ne te
conseille pas de dresser contre Égisthe ta petite
tête venimeuse : il sait, d'un coup de bâton,
briser les reins des vipères. Crois-moi, fais ce
qu'il t'ordonne, sinon il t'en cuira.

ÉLECTRE

Vous pouvez répondre au roi que je ne paraîtrai pas à la fête. Sais-tu ce qu'ils font, Philèbe ?
Il y a, au-dessus de la ville, une caverne dont nos
jeunes gens n'ont jamais trouvé le fond ; on dit
qu'elle communique avec les enfers, le Grand
Prêtre l'a fait boucher par une grosse pierre. Eh
bien, le croiras-tu ? A chaque anniversaire, le
peuple se réunit devant cette caverne, des soldats repoussent de côté la pierre qui en bouche
l'entrée, et nos morts, à ce qu'on dit, remontant
des enfers, se répandent dans la ville. On met

leurs couverts sur les tables, on leur offre des chaises et des lits, on se pousse un peu pour leur faire place à la veillée, ils courent partout. Il n'y en a plus que pour eux. Tu devines les lamentations des vivants : « Mon petit mort, mon petit mort, je n'ai pas voulu t'offenser, pardonne-moi. » Demain matin, au chant du coq, ils rentreront sous terre, on roulera la pierre contre l'entrée de la grotte, et ce sera fini jusqu'à l'année prochaine. Je ne veux pas prendre part à ces mômeries. Ce sont leurs morts, non les miens.

CLYTEMNESTRE

Si tu n'obéis pas de ton plein gré, le roi a donné l'ordre qu'on t'amène de force.

ÉLECTRE

De force ?... Ha ! ha ! De force ? C'est bon. Ma bonne mère, s'il vous plaît, assurez le roi de mon obéissance. Je paraîtrai à la fête et, puisque le peuple veut m'y voir, il ne sera pas déçu. Pour toi, Philèbe, je t'en prie, diffère ton départ, assiste à notre fête. Peut-être y trouveras-tu l'occasion de rire. A bientôt, je vais m'apprêter.

Elle sort.

CLYTEMNESTRE, *à Oreste..*

Va-t'en. Je suis sûre que tu vas nous porter malheur. Tu ne peux pas nous en vouloir, nous ne t'avons rien fait. Va-t'en. Je t'en supplie par ta mère, va-t'en.

Elle sort.

ORESTE

Par ma mère...

Entre Jupiter.

SCÈNE VI

ORESTE, JUPITER

JUPITER

Votre valet m'apprend que vous allez partir. Il cherche en vain des chevaux par toute la ville. Mais je pourrai vous procurer deux juments harnachées dans les prix doux.

ORESTE

Je ne pars plus.

JUPITER, *lentement.*

Vous ne partez plus ? *(Un temps. Vivement.)* Alors je ne vous quitte pas, vous êtes mon hôte. Il y a, au bas de la ville, une assez bonne auberge où nous logerons ensemble. Vous ne regretterez pas de m'avoir choisi pour compagnon. D'abord — abraxas, galla, galla, tsé, tsé — je vous débarrasse de vos mouches. Et puis un homme de mon âge est quelquefois de bon conseil : je pourrais être votre père, vous me raconterez votre histoire. Venez, jeune homme, laissez-vous faire : des rencontres comme celle-ci sont quelquefois plus profitables qu'on ne le croit d'abord. Voyez l'exemple de Télémaque, vous savez, le fils du roi Ulysse. Un beau jour il a rencontré un vieux monsieur du nom de Mentor, qui s'est attaché à ses destinées et qui l'a suivi partout. Eh bien, savez-vous qui était ce Mentor ?

Il l'entraîne en parlant et le rideau tombe.

RIDEAU

ACTE II

PREMIER TABLEAU

Une plate-forme dans la montagne. A droite, la caverne. L'entrée est fermée par une grande pierre noire. A gauche, des marches conduisent à un temple.

SCÈNE PREMIÈRE

LA FOULE, puis JUPITER, ORESTE
et LE PÉDAGOGUE

UNE FEMME, *s'agenouille devant son petit garçon.*

Ta cravate. Voilà trois fois que je te fais le nœud. *(Elle brosse avec la main.)* Là. Tu es propre. Sois bien sage et pleure avec les autres quand on te le dira.

L'ENFANT

C'est par là qu'ils doivent venir ?

LA FEMME

Oui.

L'ENFANT

J'ai peur.

LA FEMME

Il faut avoir peur, mon chéri. Grand-peur. C'est comme cela qu'on devient un honnête homme.

UN HOMME

Ils auront beau temps aujourd'hui.

UN AUTRE

Heureusement ! Il faut croire qu'ils sont encore sensibles à la chaleur du soleil. Il pleuvait l'an dernier, et ils ont été... terribles.

LE PREMIER

Terribles.

LE DEUXIÈME

Hélas !

UN TROISIÈME

Quand ils seront rentrés dans leur trou et qu'ils nous auront laissés seuls, entre nous, je grimperai ici, je regarderai cette pierre, et je me dirai : « A présent en voilà pour un an. »

UN QUATRIÈME

Oui ? Eh bien, ça ne me consolera pas, moi. A partir de demain je commencerai à me dire : « Comment seront-ils l'année prochaine ? » D'année en année ils se font plus méchants.

LE DEUXIÈME

Tais-toi, malheureux. Si l'un d'entre eux s'était infiltré par quelque fente du roc et rôdait déjà parmi nous... Il y a des morts qui sont en avance au rendez-vous.

Ils se regardent avec inquiétude.

UNE JEUNE FEMME

Si au moins ça pouvait commencer tout de suite. Qu'est-ce qu'ils font, ceux du palais ? Ils ne se pressent pas. Moi, je trouve que c'est le plus dur, cette attente : on est là, on piétine sous un ciel de feu, sans quitter des yeux cette pierre noire... Ha ! ils sont là-bas, derrière ; ils attendent comme nous, tout réjouis à la pensée du mal qu'ils vont nous faire.

UNE VIEILLE

Ça va, mauvaise garce ! On sait ce qui lui fait peur, à celle-là. Son homme est mort, le printemps passé, et voilà dix ans qu'elle lui faisait porter des cornes.

LA JEUNE FEMME

Eh bien oui, je l'avoue, je l'ai trompé tant que j'ai pu ; mais je l'aimais bien et je lui rendais la vie agréable ; il ne s'est jamais douté de rien, et il est mort en me jetant un doux regard de chien reconnaissant. Il sait tout à présent, on lui a gâché son plaisir, il me hait, il souffre. Et tout à l'heure, il sera contre moi, son corps de fumée épousera mon corps, plus étroitement qu'aucun vivant ne l'a jamais fait. Ah ! je l'emmènerai chez moi, roulé autour de mon cou, comme une fourrure. Je lui ai préparé de bons petits plats, des gâteaux de farine, une collation comme il les aimait. Mais rien n'adoucira sa rancœur; et cette nuit... cette nuit, il sera dans mon lit.

UN HOMME

Elle a raison, parbleu. Que fait Égisthe? A quoi pense-t-il? Je ne puis supporter cette attente.

UN AUTRE

Plains-toi donc! Crois-tu qu'Égisthe a moins peur que nous? Voudrais-tu être à sa place, dis, et passer vingt-quatre heures en tête à tête avec Agamemnon?

LA JEUNE FEMME

Horrible, horrible attente. Il me semble, vous tous, que vous vous éloignez lentement de moi. La pierre n'est pas encore ôtée, et déjà chacun est en proie à ses morts, seul comme une goutte de pluie.

Entrent Jupiter, Oreste, le Pédagogue.

JUPITER

Viens par ici, nous serons mieux.

ORESTE

Les voilà donc, les citoyens d'Argos, les très fidèles sujets du roi Agamemnon?

LE PÉDAGOGUE

Qu'ils sont laids! Voyez, mon maître, leur teint de cire, leurs yeux caves. Ces gens-là sont en train de mourir de peur. Voilà pourtant l'effet de la superstition. Regardez-les, regardez-les. Et s'il vous faut encore une preuve de l'excellence de ma philosophie, considérez ensuite mon teint fleuri.

JUPITER

La belle affaire qu'un teint fleuri. Quelques coquelicots sur tes joues, mon bonhomme, ça ne t'empêchera pas d'être du fumier, comme tous ceux-ci, aux yeux de Jupiter. Va, tu empestes, et tu ne le sais pas. Eux, cependant, ont les narines remplies de leurs propres odeurs, ils se connaissent mieux que toi.

La foule gronde.

UN HOMME, *montant sur les marches du temple,
s'adresse à la foule.*

Veut-on nous rendre fous ? Unissons nos voix, camarades, et appelons Égisthe : nous ne pouvons pas tolérer qu'il diffère plus longtemps la cérémonie.

LA FOULE

Égisthe ! Égisthe ! Pitié !

UNE FEMME

Ah oui ! Pitié ! Pitié ! Personne n'aura donc pitié de moi ! Il va venir avec sa gorge ouverte, l'homme que j'ai tant haï, il m'enfermera dans ses bras invisibles et gluants, il sera mon amant toute la nuit, toute la nuit. Ha !

Elle s'évanouit.

ORESTE

Quelles folies ! Il faut dire à ces gens...

JUPITER

Hé, quoi, jeune homme, tant de bruit pour une femme qui tourne de l'œil ? Vous en verrez d'autres.

UN HOMME, *se jetant à genoux.*

Je pue ! Je pue ! Je suis une charogne immonde. Voyez, les mouches sont sur moi comme des corbeaux ! Piquez, creusez, forez, mouches vengeresses, fouillez ma chair jusqu'à mon cœur ordurier. J'ai péché, j'ai cent mille fois péché, je suis un égout, une fosse d'aisances...

JUPITER

Le brave homme !

DES HOMMES, *le relevant.*

Ça va, ça va. Tu raconteras ça plus tard, quand ils seront là.

> *L'homme reste hébété ; il souffle en roulant des yeux.*

LA FOULE

Égisthe ! Égisthe. Par pitié, ordonne que l'on commence. Nous n'y tenons plus.

> *Égisthe paraît sur les marches du temple. Derrière lui Clytemnestre et le Grand Prêtre. Des gardes.*

SCÈNE II

LES MÊMES, ÉGISTHE, CLYTEMNESTRE,
LE GRAND PRÊTRE, LES GARDES

ÉGISTHE

Chiens ! Osez-vous bien vous plaindre ? Avez-vous perdu la mémoire de votre abjection ? Par Jupiter, je rafraîchirai vos souvenirs. *(Il se tourne vers Clytemnestre.)* Il faut bien nous résoudre à commencer sans elle. Mais qu'elle prenne garde. Ma punition sera exemplaire.

CLYTEMNESTRE

Elle m'avait promis d'obéir. Elle s'apprête ; j'en suis sûre ; elle doit s'être attardée devant son miroir.

ÉGISTHE, *aux gardes.*

Qu'on aille quérir Électre au palais et qu'on l'amène ici, de gré ou de force. *(Les gardes sortent. A la foule.)* A vos places. Les hommes à ma droite. A ma gauche les femmes et les enfants. C'est bien.

Un silence. Égisthe attend.

LE GRAND PRÊTRE

Ces gens-là n'en peuvent plus.

ÉGISTHE

Je sais. Si ces gardes...

Les gardes rentrent.

UN GARDE

Seigneur, nous avons cherché partout la princesse. Mais le palais est désert.

ÉGISTHE

C'est bien. Nous réglerons demain ce compte-là. *(Au Grand Prêtre.)* Commence.

LE GRAND PRÊTRE

Ôtez la pierre.

LA FOULE

Ha !

> *Les gardes ôtent la pierre. Le Grand Prêtre s'avance jusqu'à l'entrée de la caverne.*

LE GRAND PRÊTRE

Vous, les oubliés, les abandonnés, les désenchantés, vous qui traînez au ras de terre, dans le noir, comme des fumerolles, et qui n'avez plus rien à vous que votre grand dépit, vous les morts, debout, c'est votre fête ! Venez, montez du sol comme une énorme vapeur de soufre chassée par le vent ; montez des entrailles du monde, ô morts cent fois morts, vous que chaque battement de nos cœurs fait mourir à neuf, c'est par la colère et l'amertume et l'esprit de vengeance que je vous invoque, venez assouvir votre haine sur les vivants ! Venez, répandez-vous en brume épaisse à travers nos rues, glissez vos cohortes serrées entre la mère et l'enfant, entre l'amant et son amante, faites-nous regretter de n'être pas morts. Debout, vampires, larves, spectres, harpies, terreur de nos nuits. Debout, les soldats qui

moururent en blasphémant, debout les malchan-
ceux, les humiliés, debout les morts de faim dont
le cri d'agonie fut une malédiction. Voyez, les
vivants sont là, les grasses proies vivantes!
Debout, fondez sur eux en tourbillon et rongez-
les jusqu'aux os! Debout! Debout! Debout!...

> *Tam-tam. Il danse devant l'entrée de la
> caverne, d'abord lentement, puis de plus en
> plus vite, et tombe exténué.*

ÉGISTHE

Ils sont là!

LA FOULE

Horreur!

ORESTE

C'en est trop et je vais...

JUPITER

Regarde-moi, jeune homme, regarde-moi en
face, là! là! Tu as compris. Silence à présent.

ORESTE

Qui êtes-vous?

JUPITER

Tu le sauras plus tard.

> *Égisthe descend lentement les marches du
> palais.*

ÉGISTHE

Ils sont là. *(Un silence.)* Il est là, Aricie, l'époux
que tu as bafoué. Il est là, contre toi, il t'em-

brasse. Comme il te serre, comme il t'aime, comme il te hait ! Elle est là, Nicias, elle est là, ta mère, morte faute de soins. Et toi, Segeste, usurier infâme, ils sont là, tous tes débiteurs infortunés, ceux qui sont morts dans la misère et ceux qui se sont pendus parce que tu les ruinais. Ils sont là et ce sont eux, aujourd'hui, qui sont tes créanciers. Et vous, les parents, les tendres parents, baissez un peu les yeux, regardez plus bas, vers le sol : ils sont là, les enfants morts, ils tendent leurs petites mains ; et toutes les joies que vous leur avez refusées, tous les tourments que vous leur avez infligés pèsent comme du plomb sur leurs petites âmes rancuneuses et désolées.

LA FOULE

Pitié !

ÉGISTHE

Ah, oui ! pitié ! Ne savez-vous pas que les morts n'ont jamais de pitié ? Leurs griefs sont ineffaçables, parce que leur compte s'est arrêté pour toujours. Est-ce par des bienfaits, Nicias, que tu comptes effacer le mal que tu fis à ta mère ? Mais quel bienfait pourra jamais l'atteindre ? Son âme est un midi torride, sans un souffle de vent, rien n'y bouge, rien n'y change, rien n'y vit, un grand soleil décharné, un soleil immobile la consume éternellement. Les morts ne sont plus — comprenez-vous ce mot implacable ? — ils ne sont plus, et c'est pour cela qu'ils se sont faits les gardiens incorruptibles de vos crimes.

LA FOULE

Pitié !

ÉGISTHE

Pitié ? Ah ! piètres comédiens, vous avez du public aujourd'hui. Sentez-vous peser sur vos visages et sur vos mains les regards de ces millions d'yeux fixes et sans espoir ? Ils nous voient, ils nous voient, nous sommes nus devant l'assemblée des morts. Ha ! ha ! Vous voilà bien empruntés à présent ; il vous brûle, ce regard invisible et pur, plus inaltérable qu'un souvenir de regard.

LA FOULE

Pitié !

LES HOMMES

Pardonnez-nous de vivre alors que vous êtes morts.

LES FEMMES

Pitié. Nous sommes entourées de vos visages et des objets qui vous ont appartenu, nous portons votre deuil éternellement et nous pleurons de l'aube à la nuit et de la nuit à l'aube. Nous avons beau faire, votre souvenir s'effiloche et glisse entre nos doigts ; chaque jour il pâlit un peu plus et nous sommes un peu plus coupables. Vous nous quittez, vous nous quittez, vous vous écoulez de nous comme une hémorragie. Pourtant, si cela pouvait apaiser vos âmes irritées, sachez, ô nos chers disparus, que vous nous avez gâché la vie.

LES HOMMES

Pardonnez-nous de vivre alors que vous êtes morts.

LES ENFANTS

Pitié ! Nous n'avons pas fait exprès de naître,
et nous sommes tous honteux de grandir.
Comment aurions-nous pu vous offenser ? Voyez,
nous vivons à peine, nous sommes maigres, pâles
et tout petits ; nous ne faisons pas de bruit, nous
glissons sans même ébranler l'air autour de
nous. Et nous avons peur de vous, oh ! si grand-
peur !

LES HOMMES

Pardonnez-nous de vivre alors que vous êtes
morts.

ÉGISTHE

Paix ! Paix ! Si vous vous lamentez ainsi, que
dirai-je moi, votre roi ? Car mon supplice a
commencé : le sol tremble et l'air s'est obscurci ;
le plus grand des morts va paraître, celui que j'ai
tué de mes mains, Agamemnon.

ORESTE, *tirant son épée.*

Ruffian ! Je ne te permettrai pas de mêler le
nom de mon père à tes singeries !

JUPITER, *le saisissant à bras-le-corps.*

Arrêtez, jeune homme, arrêtez-vous !

ÉGISTHE, *se retournant.*

Qui ose ? *(Électre est apparue en robe blanche
sur les marches du temple. Égisthe l'aperçoit.)*
Électre !

LA FOULE

Électre !

SCÈNE III

LES MÊMES, ÉLECTRE

ÉGISTHE

Électre, réponds, que signifie ce costume ?

ÉLECTRE

J'ai mis ma plus belle robe. N'est-ce pas un jour de fête ?

LE GRAND PRÊTRE

Viens-tu narguer les morts ? C'est leur fête, tu le sais fort bien, et tu devais paraître en habits de deuil.

ÉLECTRE

De deuil ? Pourquoi de deuil ? Je n'ai pas peur de mes morts, et je n'ai que faire des vôtres !

ÉGISTHE

Tu as dit vrai ; tes morts ne sont pas nos morts. Regardez-la, sous sa robe de putain, la petite fille d'Atrée, d'Atrée qui égorgea lâchement ses neveux. Qu'es-tu donc, sinon le dernier rejeton d'une race maudite ! Je t'ai tolérée par pitié dans mon palais, mais je reconnais ma faute aujourd'hui, car c'est toujours le vieux sang pourri des Atrides qui coule dans tes veines, et tu nous infecterais tous si je n'y mettais bon ordre. Patiente un peu, chienne, et tu verras si je sais

punir. Tu n'auras pas assez de tes yeux pour
pleurer.

LA FOULE

Sacrilège !

ÉGISTHE

Entends-tu, malheureuse, les grondements de
ce peuple que tu as offensé, entends-tu le nom
qu'il te donne ? Si je n'étais pas là pour mettre
un frein à sa colère, il te déchirerait sur place.

LA FOULE

Sacrilège !

ÉLECTRE

Est-ce un sacrilège que d'être gaie ? Pourquoi
ne sont-ils pas gais, eux ? Qui les en empêche ?

ÉGISTHE

Elle rit et son père mort est là, avec du sang
caillé sur la face...

ÉLECTRE

Comment osez-vous parler d'Agamemnon ?
Savez-vous s'il ne vient pas la nuit me parler à
l'oreille ? Savez-vous quels mots d'amour et de
regret sa voix rauque et brisée me chuchote ? Je
ris, c'est vrai, pour la première fois de ma vie, je
ris, je suis heureuse. Prétendez-vous que mon
bonheur ne réjouit pas le cœur de mon père ? Ah !
s'il est là, s'il voit sa fille en robe blanche, sa fille
que vous avez réduite au rang abject d'esclave,
s'il voit qu'elle porte le front haut et que le
malheur n'a pas abattu sa fierté, il ne songe pas,

j'en suis sûre, à me maudire ; ses yeux brillent dans son visage supplicié et ses lèvres sanglantes essaient de sourire.

LA JEUNE FEMME

Et si elle disait vrai ?

DES VOIX

Mais non, elle ment, elle est folle. Électre, va-t'en, de grâce, sinon ton impiété retombera sur nous.

ÉLECTRE

De quoi donc avez-vous peur ? Je regarde autour de vous et je ne vois que vos ombres. Mais écoutez ceci que je viens d'apprendre et que vous ne savez peut-être pas : il y a en Grèce des villes heureuses. Des villes blanches et calmes qui se chauffent au soleil comme des lézards. A cette heure même, sous ce même ciel, il y a des enfants qui jouent sur les places de Corinthe. Et leurs mères ne demandent point pardon de les avoir mis au monde. Elles les regardent en souriant, elles sont fières d'eux. Ô mères d'Argos, compre-nez-vous ? Pouvez-vous encore comprendre l'or-gueil d'une femme qui regarde son enfant et qui pense : « C'est moi qui l'ai porté dans mon sein ? »

ÉGISTHE

Tu vas te taire, à la fin, ou je ferai rentrer les mots dans ta gorge.

DES VOIX, *dans la foule.*

Oui, oui ! Qu'elle se taise. Assez, assez !

D'AUTRES VOIX

Non, laissez-la parler ! Laissez-la parler. C'est Agamemnon qui l'inspire.

ÉLECTRE

Il fait beau. Partout, dans la plaine, des hommes lèvent la tête et disent : « Il fait beau », et ils sont contents. Ô bourreaux de vous-mêmes, avez-vous oublié cet humble contentement du paysan qui marche sur sa terre et qui dit : « Il fait beau » ? Vous voilà les bras ballants, la tête basse, respirant à peine. Vos morts se collent contre vous, et vous demeurez immobiles dans la crainte de les bousculer au moindre geste. Ce serait affreux, n'est-ce pas ? si vos mains traversaient soudain une petite vapeur moite, l'âme de votre père ou de votre aïeul ? — Mais regardez-moi : j'étends les bras, je m'élargis, et je m'étire comme un homme qui s'éveille, j'occupe ma place au soleil, toute ma place. Est-ce que le ciel me tombe sur la tête ? Je danse, voyez, je danse, et je ne sens rien que le souffle du vent dans mes cheveux. Où sont les morts ? Croyez-vous qu'ils dansent avec moi, en mesure ?

LE GRAND PRÊTRE

Habitants d'Argos, je vous dis que cette femme est sacrilège. Malheur à elle et à ceux d'entre vous qui l'écoutent.

ÉLECTRE

Ô mes chers morts, Iphigénie, ma sœur aînée, Agamemnon, mon père et mon seul roi, écoutez ma prière. Si je suis sacrilège, si j'offense vos

mânes douloureux, faites un signe, faites-moi
vite un signe, afin que je le sache. Mais si vous
m'approuvez, mes chéris, alors taisez-vous, je
vous en prie, que pas une feuille ne bouge, pas un
brin d'herbe, que pas un bruit ne vienne troubler
ma danse sacrée : car je danse pour la joie, je
danse pour la paix des hommes, je danse pour le
bonheur et pour la vie. Ô mes morts, je réclame
votre silence, afin que les hommes qui m'entourent sachent que votre cœur est avec moi.

Elle danse.

voix, *dans la foule.*

Elle danse ! Voyez-la, légère comme une
flamme, elle danse au soleil, comme l'étoffe
claquante d'un drapeau — et les morts se
taisent !

LA JEUNE FEMME

Voyez son air d'extase — non ce n'est pas le
visage d'une impie. Eh bien, Égisthe, Égisthe !
Tu ne dis rien — pourquoi ne réponds-tu pas ?

ÉGISTHE

Est-ce qu'on discute avec les bêtes puantes ?
On les détruit ! J'ai eu tort de l'épargner autrefois ; mais c'est un tort réparable : n'ayez
crainte, je vais l'écraser contre terre, et sa race
s'anéantira avec elle.

LA FOULE

Menacer n'est pas répondre, Égisthe ! N'as-tu
rien d'autre à nous dire ?

LA JEUNE FEMME

Elle danse, elle sourit, elle est heureuse, et les morts semblent la protéger. Ah! trop enviable Électre! vois, moi aussi, j'écarte les bras et j'offre ma gorge au soleil!

voix, *dans la foule.*

Les morts se taisent : Égisthe, tu nous as menti!

ORESTE

Chère Électre!

JUPITER

Parbleu, je vais rabattre le caquet de cette gamine. *(Il étend le bras.)* Posidon caribou caribon lullaby.

> *La grosse pierre qui obstruait l'entrée de la caverne roule avec fracas contre les marches du temple. Électre cesse de danser.*

LA FOULE

Horreur!

> *Un long silence.*

LE GRAND PRÊTRE

Ô peuple lâche et trop léger : les morts se vengent! Voyez les mouches fondre sur nous en épais tourbillons! Vous avez écouté une voix sacrilège et nous sommes maudits!

LA FOULE

Nous n'avons rien fait, ça n'est pas notre faute, elle est venue, elle nous a séduits par ses paroles empoisonnées ! A la rivière, la sorcière, à la rivière ! Au bûcher !

UNE VIEILLE FEMME, *désignant la jeune femme.*

Et celle-ci, là, qui buvait ses discours comme du miel, arrachez-lui ses vêtements,ʼ mettez-la toute nue et fouettez-la jusqu'au sang.

> *On s'empare de la jeune femme, des hommes gravissent des marches de l'escalier et se précipitent vers Électre.*

ÉGISTHE, *qui s'est redressé.*

Silence, chiens. Regagnez vos places en bon ordre et laissez-moi le soin du châtiment. *(Un silence.)* Eh bien ? Vous avez vu ce qu'il en coûte de ne pas m'obéir ? Douterez-vous de votre chef, à présent ? Rentrez chez vous, les morts vous accompagnent, ils seront vos hôtes tout le jour et toute la nuit. Faites-leur place à votre table, à votre foyer, dans votre couche, et tâchez que votre conduite exemplaire leur fasse oublier tout ceci. Quant à moi, bien que vos soupçons m'aient blessé, je vous pardonne. Mais toi, Électre...

ÉLECTRE

Eh bien quoi ? J'ai raté mon coup. La prochaine fois je ferai mieux.

ÉGISTHE

Je ne t'en donnerai pas l'occasion. Les lois de la cité m'interdisent de punir en ce jour de fête. Tu le savais et tu en as abusé. Mais tu ne fais plus partie de la cité, je te chasse. Tu partiras pieds nus et sans bagage, avec cette robe infâme sur le corps. Si tu es encore dans nos murs demain à l'aube, je donne l'ordre à quiconque te rencontrera de t'abattre comme une brebis galeuse.

Il sort, suivi des gardes. La foule défile devant Électre en lui montrant le poing.

JUPITER, *à Oreste.*

Eh bien, mon maître ? Êtes-vous édifié ? Voilà une histoire morale, ou je me trompe fort : les méchants ont été punis et les bons récompensés. *(Désignant Électre.)* Cette femme...

ORESTE

Cette femme est ma sœur, bonhomme ! Va-t'en, je veux lui parler.

JUPITER, *le regarde un instant, puis hausse les épaules.*

Comme tu voudras.

Il sort, suivi du Pédagogue.

SCÈNE IV

ÉLECTRE sur les marches du temple, ORESTE

ORESTE

Électre !

ÉLECTRE, *lève la tête et le regarde.*

Ah ! te voilà, Philèbe ?

ORESTE

Tu ne peux plus demeurer en cette ville, Électre. Tu es en danger.

ÉLECTRE

En danger ? Ah ! c'est vrai ! Tu as vu comme j'ai raté mon coup. C'est un peu ta faute, tu sais, mais je ne t'en veux pas.

ORESTE

Qu'ai-je donc fait ?

ÉLECTRE

Tu m'as trompée. *(Elle descend vers lui.)* Laisse-moi voir ton visage. Oui, je me suis prise à tes yeux.

ORESTE

Le temps presse, Électre. Écoute : nous allons fuir ensemble. Quelqu'un doit me procurer des chevaux, je te prendrai en croupe.

ÉLECTRE

Non.

ORESTE

Tu ne veux pas fuir avec moi ?

ÉLECTRE

Je ne veux pas fuir.

ORESTE

Je t'emmènerai à Corinthe.

ÉLECTRE, *riant.*

Ha! Corinthe... Tu vois, tu ne le fais pas
exprès, mais tu me trompes encore. Que ferais-je
à Corinthe, moi ? Il faut que je sois raisonnable.
Hier encore j'avais des désirs si modestes :
quand je servais à table, les paupières baissées,
je regardais entre mes cils le couple royal, la
vieille belle au visage mort, et lui, gras et pâle,
avec sa bouche veule et cette barbe noire qui lui
court d'une oreille à l'autre comme un régiment
d'araignées, et je rêvais de voir un jour une
fumée, une petite fumée droite, pareille à une
haleine par un froid matin, monter de leurs
ventres ouverts. C'est tout ce que je demandais,
Philèbe, je te le jure. Je ne sais pas ce que tu
veux, toi, mais il ne faut pas que je te croie : tu
n'as pas des yeux modestes. Tu sais ce que je
pensais, avant de te connaître ? C'est que le sage
ne peut rien souhaiter sur la terre, sinon de
rendre un jour le mal qu'on lui a fait.

ORESTE

Électre, si tu me suis, tu verras qu'on peut
souhaiter encore beaucoup d'autres choses sans
cesser d'être sage.

ÉLECTRE

Je ne veux plus t'écouter; tu m'as fait beaucoup de mal. Tu es venu avec tes yeux affamés
dans ton doux visage de fille, et tu m'as fait
oublier ma haine; j'ai ouvert mes mains et j'ai
laissé glisser à mes pieds mon seul trésor. J'ai
voulu croire que je pourrais guérir les gens d'ici
par des paroles. Tu as vu ce qui est arrivé : ils

aiment leur mal, ils ont besoin d'une plaie
familière qu'ils entretiennent soigneusement en
la grattant de leurs ongles sales. C'est par la
violence qu'il faut les guérir, car on ne peut
vaincre le mal que par un autre mal. Adieu,
Philèbe, va-t'en, laisse-moi à mes mauvais
songes.

ORESTE

Ils vont te tuer.

ÉLECTRE

Il y a un sanctuaire ici, le temple d'Apollon ;
les criminels s'y réfugient parfois, et, tant qu'ils
y demeurent, personne ne peut toucher à un
cheveu de leur tête. Je m'y cacherai.

ORESTE

Pourquoi refuses-tu mon aide ?

ÉLECTRE

Ce n'est pas à toi de m'aider. Quelqu'un
d'autre viendra pour me délivrer. *(Un temps.)*
Mon frère n'est pas mort, je le sais. Et je
l'attends.

ORESTE

S'il ne venait pas ?

ÉLECTRE

Il viendra, il ne peut pas ne pas venir. Il est de
notre race, comprends-tu ; il a le crime et le
malheur dans le sang, comme moi. C'est quelque
grand soldat, avec les gros yeux rouges de notre
père, toujours à cuver une colère, il souffre, il

s'est embrouillé dans sa destinée comme les chevaux éventrés s'embrouillent les pattes dans leurs intestins ; et maintenant, quelque mouvement qu'il fasse, il faut qu'il s'arrache les entrailles. Il viendra, cette ville l'attire, j'en suis sûre, parce que c'est ici qu'il peut faire le plus grand mal, qu'il peut se faire le plus de mal. Il viendra, le front bas, souffrant et piaffant. Il me fait peur : toutes les nuits je le vois en songe et je m'éveille en hurlant. Mais je l'attends et je l'aime. Il faut que je demeure ici pour guider son courroux — car j'ai de la tête, moi — pour lui montrer du doigt les coupables et pour lui dire : « Frappe, Oreste, frappe : les voilà ! »

ORESTE

Et s'il n'était pas comme tu l'imagines ?

ÉLECTRE

Comment veux-tu qu'il soit, le fils d'Agamemnon et de Clytemnestre ?

ORESTE

S'il était las de tout ce sang, ayant grandi dans une ville heureuse ?

ÉLECTRE

Alors je lui cracherais au visage et je lui dirais : « Va-t'en, chien, va chez les femmes, car tu n'es rien d'autre qu'une femme. Mais tu fais un mauvais calcul : tu es le petit-fils d'Atrée, tu n'échapperas pas au destin des Atrides. Tu as préféré la honte au crime, libre à toi. Mais le destin viendra te chercher dans ton lit : tu auras

la honte d'abord, et puis tu commettras le crime,
en dépit de toi-même !

ORESTE

Électre, je suis Oreste.

ÉLECTRE, *dans un cri.*

Tu mens !

ORESTE

Par les mânes de mon père Agamemnon, je te
le jure : je suis Oreste. *(Un silence.)* Eh bien ?
Qu'attends-tu pour me cracher au visage ?

ÉLECTRE

Comment le pourrais-je ? *(Elle le regarde.)* Ce
beau front est le front de mon frère. Ces yeux qui
brillent sont les yeux de mon frère, Oreste... Ah !
j'aurais préféré que tu restes Philèbe et que mon
frère fût mort. *(Timidement.)* C'est vrai que tu as
vécu à Corinthe ?

ORESTE

Non. Ce sont des bourgeois d'Athènes qui
m'ont élevé.

ÉLECTRE

Que tu as l'air jeune. Est-ce que tu t'es jamais
battu ? Cette épée que tu portes au côté, t'a-t-elle
jamais servi ?

ORESTE

Jamais.

ÉLECTRE

Je me sentais moins seule quand je ne te connaissais pas encore : j'attendais l'autre. Je ne pensais qu'à sa force et jamais à ma faiblesse. A présent te voilà ; Oreste, c'était toi. Je te regarde et je vois que nous sommes deux orphelins. *(Un temps.)* Mais je t'aime, tu sais. Plus que je l'eusse aimé, lui.

ORESTE

Viens, si tu m'aimes ; fuyons ensemble.

ÉLECTRE

Fuir ? Avec toi ? Non. C'est ici que se joue le sort des Atrides, et je suis une Atride. Je ne te demande rien. Je ne veux plus rien demander à Philèbe. Mais je reste ici.

> *Jupiter paraît au fond de la scène et se cache pour les écouter.*

ORESTE

Électre, je suis Oreste..., ton frère. Moi aussi je suis un Atride, et ta place est à mes côtés.

ÉLECTRE

Non, tu n'es pas mon frère et je ne te connais pas. Oreste est mort, c'est mieux pour lui ; désormais j'honorerai ses mânes avec ceux de mon père et de ma sœur. Mais toi, toi qui viens réclamer le nom d'Atride, qui es-tu pour te dire des nôtres ? As-tu passé ta vie à l'ombre d'un meurtre ? Tu devais être un enfant tranquille avec un doux air réfléchi, l'orgueil de ton père adoptif, un enfant bien lavé, aux yeux brillants de confiance. Tu avais confiance dans les gens, parce qu'ils te faisaient de grands sourires, dans les tables, dans les lits, dans les marches d'escalier, parce que ce sont de fidèles serviteurs de l'homme; dans la vie, parce que tu étais riche et que tu avais beaucoup de jouets; tu devais penser quelquefois que le monde n'était pas si mal fait et que c'était un plaisir de s'y laisser aller comme dans un bon bain tiède, en soupirant d'aise. Moi, à six ans, j'étais servante et je me méfiais de tout. *(Un temps.)* Va-t'en, belle âme. Je n'ai que faire des belles âmes : c'est un complice que je voulais.

ORESTE

Penses-tu que je te laisserai seule ? Que ferais-tu ici, ayant perdu jusqu'à ton dernier espoir ?

ÉLECTRE

C'est mon affaire. Adieu, Philèbe.

ORESTE

Tu me chasses ? *(Il fait quelques pas et s'arrête.)* Ce reître irrité que tu attendais, est-ce ma faute si je ne lui ressemble pas ? Tu l'aurais pris par la main et tu lui aurais dit : « Frappe ! » A moi tu n'as rien demandé. Qui suis-je donc, bon Dieu, pour que ma propre sœur me repousse, sans même m'avoir éprouvé ?

ÉLECTRE

Ah ! Philèbe, je ne pourrai jamais charger d'un tel poids ton cœur sans haine.

ORESTE, *accablé.*

Tu dis bien : sans haine. Sans amour non plus. Toi, j'aurais pu t'aimer. *J'aurais pu...* Mais quoi ? Pour aimer, pour haïr, il faut se donner. Il est beau, l'homme au sang riche, solidement planté au milieu de ses biens, qui se donne un beau jour à l'amour, à la haine, et qui donne avec lui sa terre, sa maison et ses souvenirs. Qui suis-je et qu'ai-je à donner, moi ? J'existe à peine : de tous les fantômes qui rôdent aujourd'hui par la ville, aucun n'est plus fantôme que moi. J'ai connu des amours de fantôme, hésitants et clairsemés comme des vapeurs ; mais j'ignore les denses passions des vivants. (*Un temps.*) Honte ! Je suis revenu dans ma ville natale, et ma sœur a refusé de me reconnaître. Où vais-je aller, à présent ? Quelle cité faut-il que je hante ?

ÉLECTRE

N'en est-il pas une où t'attend quelque fille au beau visage ?

ORESTE

Personne ne m'attend. Je vais de ville en ville, étranger aux autres et à moi-même, et les villes se referment derrière moi comme une eau tranquille. Si je quitte Argos, que restera-t-il de mon passage, sinon l'amer désenchantement de ton cœur ?

ÉLECTRE

Tu m'as parlé de villes heureuses...

ORESTE

Je me soucie bien du bonheur. Je veux mes souvenirs, mon sol, ma place au milieu des hommes d'Argos. *(Un silence.)* Électre, je ne m'en irai pas d'ici.

ÉLECTRE

Philèbe, va-t'en, je t'en supplie : j'ai pitié de toi, va-t'en si je te suis chère ; rien ne peut t'arriver que du mal, et ton innocence ferait échouer mes entreprises.

ORESTE

Je ne m'en irai pas.

ÉLECTRE

Et tu crois que je vais te laisser là, dans ta pureté importune, juge intimidant et muet de mes actes ? Pourquoi t'entêtes-tu ? Personne ici ne veut de toi.

ORESTE

C'est ma seule chance. Électre, tu ne peux pas me la refuser. Comprends-moi : je veux être un homme de quelque part, un homme parmi les hommes. Tiens, un esclave, lorsqu'il passe, las et rechigné, portant un lourd fardeau, traînant la jambe et regardant à ses pieds, tout juste à ses pieds, pour éviter de choir, il est *dans* sa ville, comme une feuille dans un feuillage, comme l'arbre dans la forêt, Argos est autour de lui, toute pesante et toute chaude, toute pleine d'elle-même ; je veux être cet esclave, Électre, je veux tirer la ville autour de moi et m'y enrouler comme dans une couverture. Je ne m'en irai pas.

ÉLECTRE

Demeurerais-tu cent ans parmi nous, tu ne seras jamais qu'un étranger, plus seul que sur

une grande route. Les gens te regarderont de
coin, entre leurs paupières mi-closes, et ils bais-
seront la voix quand tu passeras près d'eux.

ORESTE

Est-ce donc si difficile de vous servir ? Mon
bras peut défendre la ville, et j'ai de l'or pour
soulager vos miséreux.

ÉLECTRE

Nous ne manquons ni de capitaines, ni d'âmes
pieuses pour faire le bien.

ORESTE

Alors...

*Il fait quelques pas, la tête basse. Jupiter
paraît et le regarde en se frottant les mains.*

ORESTE, *relevant la tête.*

Si du moins j'y voyais clair ! Ah ! Zeus, Zeus,
roi du ciel, je me suis rarement tourné vers toi, et
tu ne m'as guère été favorable, mais tu m'es
témoin que je n'ai jamais voulu que le Bien. A
présent je suis las, je ne distingue plus le Bien du
Mal et j'ai besoin qu'on me trace ma route. Zeus,
faut-il vraiment qu'un fils de roi, chassé de sa
ville natale, se résigne saintement à l'exil et vide
les lieux la tête basse, comme un chien couchant ? Est-ce là ta volonté ? Je ne puis le croire.
Et cependant... cependant tu as défendu de
verser le sang... Ah ! qui parle de verser le sang,
je ne sais plus ce que je dis... Zeus, je t'implore :
si la résignation et l'abjecte humilité sont les lois
que tu m'imposes, manifeste-moi ta volonté par
quelque signe, car je ne vois plus clair du tout.

JUPITER, *pour lui-même.*

Mais comment donc : à ton service ! Abraxas, abraxas, tsé-tsé !

La lumière fuse autour de la pierre.

ÉLECTRE, *se met à rire.*

Ha ! ha ! Il pleut des miracles aujourd'hui ! Vois, pieux Philèbe, vois ce qu'on gagne à consulter les Dieux ! *(Elle est prise d'un fou rire.)* Le bon jeune homme... le pieux Philèbe : « Fais-moi signe, Zeus, fais-moi signe ! » Et voilà la lumière qui fuse autour de la pierre sacrée. Va-t'en ! A Corinthe ! A Corinthe ! Va-t'en !

ORESTE, *regardant la pierre.*

Alors... c'est ça le Bien ? *(Un temps, il regarde toujours la pierre.)* Filer doux. Tout doux. Dire toujours « Pardon » et « Merci »... c'est ça ?
(Un temps, il regarde toujours la pierre.) Le Bien. *Leur* Bien...
(Un temps.) Électre !

ÉLECTRE

Va vite, va vite. Ne déçois pas cette sage nourrice qui se penche sur toi du haut de l'Olympe. *(Elle s'arrête, interdite.)* Qu'as-tu ?

ORESTE, *d'une voix changée.*

Il y a un autre chemin.

ÉLECTRE, *effrayée.*

Ne fais pas le méchant, Philèbe Tu as demandé les ordres des Dieux : eh bien ! tu les connais.

ORESTE

Des ordres ?... Ah oui... Tu veux dire : la lumière là, autour de ce gros caillou ? Elle n'est pas pour moi, cette lumière ; et personne ne peut plus me donner d'ordre à présent.

ÉLECTRE

Tu parles par énigmes.

ORESTE

Comme tu es loin de moi, tout à coup..., Comme tout est changé ! Il y avait autour de moi quelque chose de vivant et de chaud. Quelque chose qui vient de mourir. Comme tout est vide... Ah ! quel vide immense, à perte de vue... *(Il fait quelques pas.)* La nuit tombe... Tu ne trouves pas qu'il fait froid ?... Mais qu'est-ce donc... qu'est-ce donc qui vient de mourir ?

ÉLECTRE

Philèbe...

ORESTE

Je te dis qu'il y a un autre chemin..., mon chemin. Tu ne le vois pas ? Il part d'ici et il descend vers la ville. Il faut descendre, comprends-tu, descendre jusqu'à vous, vous êtes au fond d'un trou, tout au fond... *(Il s'avance vers Électre.)* Tu es *ma* sœur, Électre, et cette ville est *ma* ville. *Ma* sœur !

Il lui prend le bras.

ÉLECTRE

Laisse-moi ! Tu me fais mal, tu me fais peur — et je ne t'appartiens pas.

ORESTE

Je sais. Pas encore : je suis trop léger. Il faut
que je me leste d'un forfait bien lourd qui me
fasse couler à pic, jusqu'au fond d'Argos.

ÉLECTRE

Que vas-tu entreprendre ?

ORESTE

Attends. Laisse-moi dire adieu à cette légèreté
sans tache qui fut la mienne. Laisse-moi dire
adieu à ma jeunesse. Il y a des soirs, des soirs de
Corinthe ou d'Athènes, pleins de chants et
d'odeurs qui ne m'appartiendront plus jamais.
Des matins, pleins d'espoir aussi... Allons adieu !
adieu ! *(Il vient vers Électre.)* Viens, Électre,
regarde notre ville. Elle est là, rouge sous le
soleil, bourdonnante d'hommes et de mouches,
dans l'engourdissement têtu d'un après-midi
d'été ; elle me repousse de tous ses murs, de tous
ses toits, de toutes ses portes closes. Et pourtant
elle est à prendre, je le sens depuis ce matin. Et
toi aussi, Électre, tu es à prendre. Je vous
prendrai. Je deviendrai hache et je fendrai en
deux ces murailles obstinées, j'ouvrirai le ventre
de ces maisons bigotes, elles exhaleront par leurs
plaies béantes une odeur de mangeaille et d'en-
cens ; je deviendrai cognée et je m'enfoncerai
dans le cœur de cette ville comme la cognée dans
le cœur d'un chêne.

ÉLECTRE

Comme tu as changé : tes yeux ne brillent
plus, ils sont ternes et sombres. Hélas ! Tu étais

si doux, Philèbe. Et voilà que tu me parles comme l'autre me parlait en songe.

ORESTE

Écoute : tous ces gens qui tremblent dans des chambres sombres, entourés de leurs chers défunts, suppose que j'assume tous leurs crimes. Suppose que je veuille mériter le nom de « voleur de remords » et que j'installe en moi tous leurs repentirs : ceux de la femme qui trompa son mari, ceux du marchand qui laissa mourir sa mère, ceux de l'usurier qui tondit jusqu'à la mort ses débiteurs ?

Dis, ce jour-là, quand je serai hanté par des remords plus nombreux que les mouches d'Argos, par tous les remords de la ville, est-ce que je n'aurai pas acquis droit de cité parmi vous ? Est-ce que je ne serai pas chez moi, entre vos murailles sanglantes, comme le boucher en tablier rouge est chez lui dans sa boutique, entre les bœufs saignants qu'il vient d'écorcher ?

ÉLECTRE

Tu veux expier pour nous ?

ORESTE

Expier ? J'ai dit que j'installerai en moi vos repentirs, mais je n'ai pas dit ce que je ferai de ces volailles criardes : peut-être leur tordrai-je le cou.

ÉLECTRE

Et comment pourrais-tu te charger de nos maux ?

ORESTE

Vous ne demandez qu'à vous en défaire. Le roi
et la reine seuls les maintiennent de force en vos
cœurs.

ÉLECTRE

Le roi et la reine... Philèbe!

ORESTE

Les Dieux me sont témoins que je ne voulais
pas verser leur sang.

Un long silence.

ÉLECTRE

Tu es trop jeune, trop faible...

ORESTE

Vas-tu reculer, à présent? Cache-moi dans le
palais, conduis-moi ce soir jusqu'à la couche
royale, et tu verras si je suis trop faible.

ÉLECTRE

Oreste!

ORESTE

Électre! Tu m'as appelé Oreste pour la première fois.

ÉLECTRE

Oui. C'est bien toi. Tu es Oreste. Je ne te
reconnais pas, car ce n'est pas ainsi que je
t'attendais. Mais ce goût amer dans ma bouche,
ce goût de fièvre, mille fois je l'ai senti dans mes
songes et je le reconnais. Tu es donc venu,

Oreste, et ta décision est prise et me voilà, comme dans mes songes, au seuil d'un acte irréparable, et j'ai peur — comme en songe. O moment tant attendu et tant redouté ! A présent, les instants vont s'enchaîner comme les rouages d'une mécanique, et nous n'aurons plus de répit jusqu'à ce qu'ils soient couchés tous les deux sur le dos, avec des visages pareils aux mûres écrasées. Tout ce sang ! Et c'est toi qui vas le verser, toi qui avais des yeux si doux. Hélas ! jamais je ne reverrai cette douceur, jamais plus je ne reverrai Philèbe. Oreste, tu es mon frère aîné et le chef de notre famille, prends-moi dans tes bras, protège-moi, car nous allons au-devant de très grandes souffrances.

> *Oreste la prend dans ses bras. Jupiter sort de sa cachette et s'en va à pas de loup.*

RIDEAU

Dans le palais ; la salle du trône. Une statue de Jupiter, terrible et sanglante. Le jour tombe.

SCÈNE PREMIÈRE

Électre entre la première et fait signe à Oreste d'entrer.

ORESTE

On vient !

Il met l'épée à la main.

ÉLECTRE

Ce sont des soldats qui font leur ronde. Suis-moi : nous allons nous cacher par ici.

Ils se cachent derrière le trône.

SCÈNE II

LES MÊMES (cachés), DEUX SOLDATS

PREMIER SOLDAT

Je ne sais pas ce qu'ont les mouches aujour-d'hui : elles sont folles.

DEUXIÈME SOLDAT

Elles sentent les morts et ça les met en joie. Je n'ose plus bâiller de peur qu'elles ne s'enfoncent dans ma gueule ouverte et n'aillent faire le carrousel au fond de mon gosier. *(Électre se montre un instant et se cache.)* Tiens, il y a quelque chose qui a craqué.

PREMIER SOLDAT

C'est Agamemnon qui s'assied sur son trône.

DEUXIÈME SOLDAT

Et dont les larges fesses font craquer les planches du siège ? Impossible, collègue, les morts ne pèsent pas.

PREMIER SOLDAT

Ce sont les roturiers qui ne pèsent pas. Mais lui, avant que d'être un mort royal, c'était un royal bon vivant, qui faisait, bon an mal an, ses cent vingt-cinq kilos. C'est bien rare s'il ne lui en reste pas quelques livres.

DEUXIÈME SOLDAT

Alors... tu crois qu'il est là ?

PREMIER SOLDAT

Où veux-tu qu'il soit ? Si j'étais un roi mort, moi, et que j'eusse tous les ans une permission de vingt-quatre heures, sûr que je reviendrais m'asseoir sur mon trône et que j'y passerais la journée, à me rappeler les bons souvenirs d'autrefois, sans faire de mal à personne.

DEUXIÈME SOLDAT

Tu dis ça parce que tu es vivant. Mais si tu ne l'étais plus, tu aurais bien autant de vice que les autres. *(Le premier soldat lui donne une gifle.)* Holà ! Holà !

PREMIER SOLDAT

C'est pour ton bien ; regarde, j'en ai tué sept d'un coup, tout un essaim.

DEUXIÈME SOLDAT

De morts ?

PREMIER SOLDAT

Non. De mouches. J'ai du sang plein les mains. *(Il s'essuie sur sa culotte.)* Vaches de mouches.

DEUXIÈME SOLDAT

Plût aux Dieux qu'elles fussent mort-nées. Vois tous ces hommes morts qui sont ici : ils ne pipent mot, ils s'arrangent pour ne pas gêner. Les mouches crevées, ça serait pareil.

PREMIER SOLDAT

Tais-toi, si je pensais qu'il y eût ici des mouches fantômes, par-dessus le marché...

DEUXIÈME SOLDAT

Pourquoi pas ?

PREMIER SOLDAT

Tu te rends compte ? Ça crève par millions chaque jour, ces bestioles. Si l'on avait lâché par la ville toutes celles qui sont mortes depuis l'été dernier, il y en aurait trois cent soixante-cinq mortes pour une vivante à tourniquer autour de nous. Pouah ! l'air serait sucré de mouches, on mangerait mouche, on respirerait mouche, elles descendraient par coulées visqueuses dans nos bronches et dans nos tripes... Dis donc, c'est peut-être pour cela qu'il flotte dans cette chambre des odeurs si singulières.

DEUXIÈME SOLDAT

Bah ! Une salle de mille pieds carrés comme celle-ci, il suffit de quelques morts humains pour l'empester. On dit que nos morts ont mauvaise haleine.

PREMIER SOLDAT

Écoute donc ! Ils se mangent les sangs, ces hommes-là...

DEUXIÈME SOLDAT

Je te dis qu'il y a quelque chose : le plancher craque.

Ils vont voir derrière le trône par la droite ; Oreste et Électre sortent par la gauche, pas-

sent devant les marches du trône et regagnent
leur cachette par la droite, au moment où les
soldats sortent à gauche.

PREMIER SOLDAT

Tu vois bien qu'il n'y a personne. C'est Agamemnon, que je te dis, sacré Agamemnon ! Il
doit être assis sur ces coussins : droit comme un
I — et il nous regarde : il n'a rien à faire de son
temps qu'à nous regarder.

DEUXIÈME SOLDAT

Nous ferions mieux de rectifier la position,
tant pis si les mouches nous chatouillent le nez.

PREMIER SOLDAT

J'aimerais mieux être au corps de garde, en
train de faire une bonne partie. Là-bas, les morts
qui reviennent sont des copains, de simples
grivetons, comme nous. Mais quand je pense que
le feu roi est là, et qu'il compte les boutons qui
manquent à ma veste, je me sens drôle, comme
lorsque le général nous passe en revue.

Entrent Égisthe, Clytemnestre, des servi-
teurs portant des lampes.

ÉGISTHE

Qu'on nous laisse seuls.

SCÈNE III

ÉGISTHE, CLYTEMNESTRE, ORESTE
et ÉLECTRE (cachés)

CLYTEMNESTRE

Qu'avez-vous ?

ÉGISTHE

Vous avez vu ? Si je ne les avais frappés de
terreur, ils se débarrassaient en un tournemain
de leurs remords.

CLYTEMNESTRE

N'est-ce que cela qui vous inquiète ? Vous
saurez toujours glacer leur courage en temps
voulu.

ÉGISTHE

Il se peut. Je ne suis que trop habile à ces
comédies. *(Un temps.)* Je regrette d'avoir dû
punir Électre.

CLYTEMNESTRE

Est-ce parce qu'elle est née de moi ? Il vous a
plu de le faire, et je trouve bon tout ce que vous
faites.

ÉGISTHE

Femme, ce n'est pas pour toi que je le regrette.

CLYTEMNESTRE

Alors pourquoi ? Vous n'aimiez pas Électre.

ÉGISTHE

Je suis las. Voici quinze ans que je tiens en
l'air, à bout de bras, le remords de tout un
peuple. Voici quinze ans que je m'habille comme
un épouvantail : tous ces vêtements noirs ont
fini par déteindre sur mon âme.

CLYTEMNESTRE

Mais, seigneur, moi-même...

ÉGISTHE

Je sais, femme, je sais : tu vas me parler de tes
remords. Eh bien, je te les envie, ils te meublent
la vie. Moi, je n'en ai pas, mais personne d'Argos
n'est aussi triste que moi.

CLYTEMNESTRE

Mon cher seigneur...

Elle s'approche de lui.

ÉGISTHE

Laisse-moi, catin ! N'as-tu pas honte, sous ses
yeux ?

CLYTEMNESTRE

Sous ses yeux ? Qui donc nous voit ?

ÉGISTHE

Eh bien, le roi. On a lâché les morts, ce matin.

CLYTEMNESTRE

Seigneur, je vous en supplie... Les morts sont
sous terre et ne nous gêneront pas de sitôt. Est-ce

que vous avez oublié que vous-même vous inventâtes ces fables pour le peuple ?

ÉGISTHE

Tu as raison, femme. Eh bien, tu vois comme je suis las ? Laisse-moi, je veux me recueillir.

Clytemnestre sort.

SCÈNE IV

ÉGISTHE, ORESTE et ÉLECTRE (cachés)

ÉGISTHE

Est-ce là, Jupiter, le roi dont tu avais besoin pour Argos ? Je vais, je viens, je sais crier d'une voix forte, je promène partout ma grande apparence terrible, et ceux qui m'aperçoivent se sentent coupables jusqu'aux moelles. Mais je suis une coque vide : une bête m'a mangé le dedans sans que je m'en aperçoive. A présent je regarde en moi-même, et je vois que je suis plus mort qu'Agamemnon. Ai-je dit que j'étais triste ? J'ai menti. Il n'est ni triste ni gai, le désert, l'innombrable néant des sables sous le néant lucide du ciel : il est sinistre. Ah ! je donnerais mon royaume pour verser une larme !

Entre Jupiter.

SCÈNE V

LES MÊMES, JUPITER

JUPITER

Plains-toi : tu es un roi semblable à tous les
rois.

ÉGISTHE

Qui es-tu ? Que viens-tu faire ici ?

JUPITER

Tu ne me reconnais pas ?

ÉGISTHE

Sors d'ici, ou je te fais rosser par mes gardes.

JUPITER

Tu ne me reconnais pas ? Tu m'as vu pourtant.
C'était en songe. Il est vrai que j'avais l'air plus
terrible. *(Tonnerre, éclairs, Jupiter prend l'air
terrible.)* Et comme ça ?

ÉGISTHE

Jupiter !

JUPITER

Nous y voilà. *(Il redevient souriant, s'approche
de la statue.)* C'est moi, ça ? C'est ainsi qu'ils me
voient quand ils prient, les habitants d'Argos ?
Parbleu, il est rare qu'un Dieu puisse contempler

son image face à face. *(Un temps.)* Que je suis laid ! Ils ne doivent pas m'aimer beaucoup.

ÉGISTHE

Ils vous craignent.

JUPITER

Parfait ! Je n'ai que faire d'être aimé. Tu m'aimes, toi ?

ÉGISTHE

Que me voulez-vous ? N'ai-je pas assez payé ?

JUPITER

Jamais assez !

ÉGISTHE

Je crève à la tâche.

JUPITER

N'exagère pas ! Tu te portes assez bien et tu es gras. Je ne te le reproche pas, d'ailleurs. C'est de la bonne graisse royale, jaune comme le suif d'une chandelle, il en faut. Tu es taillé pour vivre encore vingt ans.

ÉGISTHE

Encore vingt ans !

JUPITER

Souhaites-tu mourir ?

ÉGISTHE

Oui.

JUPITER

Si quelqu'un entrait ici avec une épée nue, tendrais-tu ta poitrine à cette épée ?

ÉGISTHE

Je ne sais pas.

JUPITER

Écoute-moi bien ; si tu te laisses égorger comme un veau, tu seras puni de façon exemplaire ; tu resteras roi dans le Tartare pour l'éternité. Voilà ce que je suis venu te dire.

ÉGISTHE

Quelqu'un cherche à me tuer ?

JUPITER

Il paraît.

ÉGISTHE

Électre ?

JUPITER

Un autre aussi.

ÉGISTHE

Qui ?

JUPITER

Oreste.

ÉGISTHE

Ah ! *(Un temps.)* Eh bien, c'est dans l'ordre, qu'y puis-je ?

JUPITER

« Qu'y puis-je ? » *(Changeant de ton.)* Ordonne sur l'heure qu'on se saisisse d'un jeune étranger qui se fait appeler Philèbe. Qu'on le jette avec Électre dans quelque basse-fosse — et je te permets de les y oublier. Eh bien ! qu'attends-tu ? Appelle tes gardes.

ÉGISTHE

Non.

JUPITER

Me feras-tu la faveur de me dire les raisons de ton refus ?

ÉGISTHE

Je suis las.

JUPITER

Pourquoi regardes-tu tes pieds ? Tourne vers moi tes gros yeux striés de sang. Là, là ! Tu es noble et bête comme un cheval. Mais ta résistance n'est pas de celles qui m'irritent : c'est le piment qui rendra, tout à l'heure, plus délicieuse encore ta soumission. Car je sais que tu finiras pas céder.

ÉGISTHE

Je vous dis que je ne veux pas entrer dans vos desseins. J'en ai trop fait.

JUPITER

Courage ! Résiste ! Résiste ! Ah ! que je suis friand d'âmes comme la tienne. Tes yeux lancent

des éclairs, tu serres les poings et tu jettes ton
refus à la face de Jupiter. Mais cependant, petite
tête, petit cheval, mauvais petit cheval, il y a
beau temps que ton cœur m'a dit oui. Allons, tu
obéiras. Crois-tu que je quitte l'Olympe sans
motif ? J'ai voulu t'avertir de ce crime, parce
qu'il me plaît de l'empêcher.

ÉGISTHE

M'avertir !... C'est bien étrange.

JUPITER

Quoi de plus naturel au contraire : je veux
détourner ce danger de ta tête.

ÉGISTHE

Qui vous le demandait ? Et Agamemnon,
l'avez-vous averti, lui ? Pourtant il voulait vivre.

JUPITER

O nature ingrate, ô malheureux caractère : tu
m'es plus cher qu'Agamemnon, je te le prouve et
tu te plains.

ÉGISTHE

Plus cher qu'Agamemnon ? Moi ? C'est Oreste
qui vous est cher. Vous avez toléré que je me
perde, vous m'avez laissé courir tout droit vers
la baignoire du roi, la hache à la main — et sans
doute vous léchiez-vous les lèvres, là-haut, en
pensant que l'âme du pécheur est délectable.
Mais aujourd'hui vous protégez Oreste contre
lui-même — et moi, que vous avez poussé à tuer
le père, vous m'avez choisi pour retenir le bras
du fils. J'étais tout juste bon à faire un assassin.

Mais lui, pardon, on a d'autres vues sur lui, sans doute.

Quelle étrange jalousie! Rassure-toi : je ne l'aime pas plus que toi. Je n'aime personne.

Alors, voyez ce que vous avez fait de moi, Dieu injuste. Et répondez : si vous empêchez aujour-d'hui le crime que médite Oreste, pourquoi donc avoir permis le mien ?

Tous les crimes ne me déplaisent pas également. Égisthe, nous sommes entre rois, et je te parlerai franchement : le premier crime, c'est moi qui l'ai commis en créant les hommes mortels. Après cela, que pouviez-vous faire, vous autres, les assassins ? Donner la mort à vos victimes ? Allons donc ; elles la portaient déjà en elles ; tout au plus hâtiez-vous un peu son épanouissement. Sais-tu ce qui serait advenu d'Agamemnon, si tu ne l'avais pas occis ? Trois mois plus tard il mourait d'apoplexie sur le sein d'une belle esclave. Mais ton crime me servait.

Il vous servait ? Je l'expie depuis quinze ans et il vous servait ? Malheur !

Eh bien quoi ? C'est parce que tu l'expies qu'il me sert ; j'aime les crimes qui paient. J'ai aimé le tien parce que c'était un meurtre aveugle et

sourd, ignorant de lui-même, antique, plus semblable à un cataclysme qu'à une entreprise
humaine. Pas un instant tu ne m'as bravé : tu as
frappé dans les transports de la rage et de la
peur ; et puis, la fièvre tombée, tu as considéré
ton acte avec horreur et tu n'as pas voulu le
reconnaître. Quel profit j'en ai tiré cependant !
Pour un homme mort, vingt mille autres plongés
dans la repentance, voilà le bilan. Je n'ai pas fait
un mauvais marché.

ÉGISTHE

Je vois ce que cachent tous ces discours :
Oreste n'aura pas de remords.

JUPITER

Pas l'ombre d'un. A cette heure il tire ses plans
avec méthode, la tête froide, modestement.
Qu'ai-je à faire d'un meurtre sans remords, d'un
meurtre insolent, d'un meurtre paisible, léger
comme une vapeur dans l'âme d'un meurtrier ?
J'empêcherai cela ! Ah ! je hais les crimes de la
génération nouvelle : ils sont ingrats et stériles
comme l'ivraie. Il te tuera comme un poulet, le
doux jeune homme, et s'en ira, les mains rouges
et la conscience pure ; j'en serais humilié, à ta
place. Allons ! appelle tes gardes.

ÉGISTHE

Je vous ai dit que non. Le crime qui se prépare
vous déplaît trop pour ne pas me plaire.

JUPITER, *changeant de ton.*

Égisthe, tu es roi, et c'est à ta conscience de roi
que je m'adresse ; car tu aimes régner.

ÉGISTHE

Eh bien ?

JUPITER

Tu me hais, mais nous sommes parents ; je t'ai fait à mon image : un roi, c'est un Dieu sur la terre, noble et sinistre comme un Dieu.

ÉGISTHE

Sinistre ? Vous ?

JUPITER

Regarde-moi. *(Un long silence.)* Je t'ai dit que tu es fait à mon image. Nous faisons tous les deux régner l'ordre, toi dans Argos, moi dans le monde ; et le même secret pèse lourdement dans nos cœurs.

ÉGISTHE

Je n'ai pas de secret.

JUPITER

Si. Le même que moi. Le secret douloureux des Dieux et des rois : c'est que les hommes sont libres. Ils sont libres, Égisthe. Tu le sais, et ils ne le savent pas.

ÉGISTHE

Parbleu, s'ils le savaient, ils mettraient le feu aux quatre coins de mon palais. Voilà quinze ans que je joue la comédie pour leur masquer leur pouvoir.

JUPITER

Tu vois bien que nous sommes pareils.

ÉGISTHE

Pareils ? Par quelle ironie un Dieu se dirait-il mon pareil ? Depuis que je règne, tous mes actes et toutes mes paroles visent à composer mon image ; je veux que chacun de mes sujets la porte en lui et qu'il sente, jusque dans la solitude, mon regard sévère peser sur ses pensées les plus secrètes. Mais c'est moi qui suis ma première victime : je ne me vois plus que comme ils me voient, je me penche sur le puits béant de leurs âmes, et mon image est là, tout au fond, elle me répugne et me fascine. Dieu tout-puissant, qui suis-je, sinon la peur que les autres ont de moi ?

JUPITER

Qui donc crois-tu que je sois ? *(Désignant la statue.)* Moi aussi, j'ai mon image. Crois-tu qu'elle ne me donne pas le vertige ? Depuis cent mille ans je danse devant les hommes. Une lente et sombre danse. Il faut qu'ils me regardent : tant qu'ils ont les yeux fixés sur moi, ils oublient de regarder en eux-mêmes. Si je m'oubliais un seul instant, si je laissais leur regard se détourner...

ÉGISTHE

Eh bien ?

JUPITER

Laisse. Ceci ne concerne que moi. Tu es las, Égisthe, mais de quoi te plains-tu ? Tu mourras. Moi, non. Tant qu'il y aura des hommes sur cette terre, je serai condamné à danser devant eux.

ÉGISTHE

Hélas ! Mais qui nous a condamnés ?

JUPITER

Personne que nous-mêmes ; car nous avons la même passion. Tu aimes l'ordre, Égisthe.

ÉGISTHE

L'ordre. C'est vrai. C'est pour l'ordre que j'ai séduit Clytemnestre, pour l'ordre que j'ai tué mon roi ; je voulais que l'ordre règne et qu'il règne par moi. J'ai vécu sans désir, sans amour, sans espoir : j'ai fait de l'ordre. O terrible et divine passion !

JUPITER

Nous ne pourrions en avoir d'autre : je suis Dieu, et tu es né pour être roi.

ÉGISTHE

Hélas !

JUPITER

Égisthe, ma créature et mon frère mortel, au nom de cet ordre que nous servons tous deux, je te le commande : empare-toi d'Oreste et de sa sœur.

ÉGISTHE

Sont-ils si dangereux ?

JUPITER

Oreste sait qu'il est libre.

ÉGISTHE, *vivement.*

Il sait qu'il est libre. Alors ce n'est pas assez que de le jeter dans les fers. Un homme libre dans une ville, c'est comme une brebis galeuse dans un troupeau. Il va contaminer tout mon royaume et ruiner mon œuvre. Dieu tout-puissant, qu'attends-tu pour le foudroyer ?

JUPITER, *lentement.*

Pour le foudroyer ? *(Un temps. Las et voûté.)* Égisthe, les Dieux ont un autre secret...

ÉGISTHE

Que vas-tu me dire ?

JUPITER

Quand une fois la liberté a explosé dans une âme d'homme, les Dieux ne peuvent plus rien contre cet homme-là. Car c'est une affaire d'hommes, et c'est aux autres hommes — à eux seuls — qu'il appartient de le laisser courir ou de l'étrangler.

ÉGISTHE, *le regardant.*

De l'étrangler ?... C'est bien. Je t'obéirai sans doute. Mais n'ajoute rien et ne demeure pas ici plus longtemps, car je ne pourrai le supporter.

Jupiter sort.

SCÈNE VI

ÉGISTHE reste seul un moment, puis ÉLECTRE
et ORESTE

ÉLECTRE, *bondissant vers la porte.*

Frappe-le ! Ne lui laisse pas le temps de crier ;
je barricade la porte.

ÉGISTHE

C'est donc toi, Oreste ?

ORESTE

Défends-toi !

ÉGISTHE

Je ne me défendrai pas. Il est trop tard pour
que j'appelle et je suis heureux qu'il soit trop
tard. Mais je ne me défendrai pas : je veux que tu
m'assassines.

ORESTE

C'est bon. Le moyen m'importe peu. Je serai
donc assassin.

Il le frappe de son épée.

ÉGISTHE, *chancelant.*

Tu n'as pas manqué ton coup. *(Il se raccroche à
Oreste.)* Laisse-moi te regarder. Est-ce vrai que
tu n'as pas de remords ?

ORESTE

Des remords ? Pourquoi ? Je fais ce qui est juste.

ÉGISTHE

Ce qui est juste, c'est ce que veut Jupiter. Tu étais caché ici et tu l'as entendu.

ORESTE

Que m'importe Jupiter ? La justice est une affaire d'hommes, et je n'ai pas besoin d'un Dieu pour me l'enseigner. Il est juste de t'écraser, immonde coquin, et de ruiner ton empire sur les gens d'Argos, il est juste de leur rendre le sentiment de leur dignité.

Il le repousse.

ÉGISTHE

J'ai mal.

ÉLECTRE

Il chancelle et son visage est blafard. Horreur ! comme c'est laid, un homme qui meurt.

ORESTE

Tais-toi. Qu'il n'emporte pas d'autre souvenir dans la tombe que celui de notre joie.

ÉGISTHE

Soyez maudits tous deux.

ORESTE

Tu n'en finiras donc pas, de mourir ?

Il le frappe, Égisthe tombe.

ÉGISTHE

Prends garde aux mouches, Oreste, prends garde aux mouches. Tout n'est pas fini.

Il meurt.

ORESTE, *le poussant du pied.*

Pour lui, tout est fini en tout cas. Guide-moi jusqu'à la chambre de la reine.

ÉLECTRE

Oreste...

ORESTE

Eh bien ?...

ÉLECTRE

Elle ne peut plus nous nuire...

ORESTE

Et alors ?... Je ne te reconnais pas. Tu ne parlais pas ainsi, tout à l'heure.

ÉLECTRE

Oreste... je ne te reconnais pas non plus.

ORESTE

C'est bon ; j'irai seul.

Il sort.

SCÈNE VII

ÉLECTRE, *seule.*

ÉLECTRE

Est-ce qu'elle va crier ? *(Un temps. Elle prête l'oreille.)* Il marche dans le couloir. Quand il aura ouvert la quatrième porte... Ah ! je l'ai voulu ! Je le veux, il *faut* que je le veuille encore. *(Elle regarde Égisthe.)* Celui-ci est mort. C'est donc *ça* que je voulais. Je ne m'en rendais pas compte. *(Elle s'approche de lui.)* Cent fois je l'ai vu en songe, étendu à cette même place, une épée dans le cœur. Ses yeux étaient clos, il avait l'air de dormir. Comme je le haïssais, comme j'étais joyeuse de le haïr. Il n'a pas l'air de dormir, et ses yeux sont ouverts, il me regarde. Il est mort — et ma haine est morte avec lui. Et je suis là ; et j'attends, et l'autre est vivante encore, au fond de sa chambre, et tout à l'heure elle va crier. Elle va crier comme une bête. Ah ! je ne peux plus supporter ce regard. *(Elle s'agenouille et jette un manteau sur le visage d'Égisthe.)* Qu'est-ce que je voulais donc ? *(Silence. Puis cris de Clytemnestre.)* Il l'a frappée. C'était notre mère, et il l'a frappée. *(Elle se relève.)* Voici : mes ennemis sont morts. Pendant des années, j'ai joui de cette mort par avance, et, à présent, mon cœur est serré dans un étau. Est-ce que je me suis menti pendant quinze ans ? Ça n'est pas vrai ! Ça n'est pas vrai ! Ça ne peut pas être vrai : je ne suis pas lâche ! Cette minute-ci, je l'ai voulue et je la veux encore. J'ai

voulu voir ce porc immonde couché à mes pieds.
(Elle arrache le manteau.) Que m'importe ton
regard de poisson mort. Je l'ai voulu, ce regard,
et j'en jouis. *(Cris plus faibles de Clytemnestre.)*
Qu'elle crie ! Qu'elle crie ! Je veux ses cris d'horreur et je veux ses souffrances. *(Les cris cessent.)*
Joie ! Joie ! Je pleure de joie : mes ennemis sont
morts et mon père est vengé.

> Oreste rentre, une épée sanglante à la main.
> Elle court à lui.

SCÈNE VIII

ÉLECTRE, ORESTE

ÉLECTRE

Oreste !

> *Elle se jette dans ses bras.*

ORESTE

De quoi as-tu peur ?

ÉLECTRE

Je n'ai pas peur, je suis ivre. Ivre de joie. Qu'a-
t-elle dit ? A-t-elle longtemps imploré sa grâce ?

ORESTE

Électre, je ne me repentirai pas de ce que j'ai
fait, mais je ne juge pas bon d'en parler : il y a
des souvenirs qu'on ne partage pas. Sache seulement qu'elle est morte.

ÉLECTRE

En nous maudissant ? Dis-moi seulement
cela : en nous maudissant ?

ORESTE

Oui. En nous maudissant.

ÉLECTRE

Prends-moi dans tes bras, mon bien-aimé, et
serre-moi de toutes tes forces. Comme la nuit est
épaisse et comme les lumières de ces flambeaux
ont de la peine à la percer ! M'aimes-tu ?

ORESTE

Il ne fait pas nuit : c'est le point du jour. Nous
sommes libres, Électre. Il me semble que je t'ai
fait naître et que je viens de naître avec toi ; je
t'aime et tu m'appartiens. Hier encore j'étais
seul et aujourd'hui tu m'appartiens. Le sang
nous unit doublement, car nous sommes de
même sang et nous avons versé le sang.

ÉLECTRE

Jette ton épée. Donne-moi cette main. *(Elle lui
prend la main et l'embrasse.)* Tes doigts sont
courts et carrés. Ils sont faits pour prendre et
pour tenir. Chère main ! Elle est plus blanche
que la mienne. Comme elle s'est faite lourde
pour frapper les assassins de notre père !
Attends. *(Elle va chercher un flambeau et elle
l'approche d'Oreste.)* Il faut que j'éclaire ton
visage, car la nuit s'épaissit et je ne te vois plus
bien. J'ai besoin de te voir : quand je ne te vois
plus, j'ai peur de toi ; il ne faut pas que je te

quitte des yeux. Je t'aime. Il faut que je pense
que je t'aime. Comme tu as l'air étrange !

ORESTE

Je suis libre, Électre ; la liberté a fondu sur
moi comme la foudre.

ÉLECTRE

Libre ? Moi, je ne me sens pas libre. Peux-tu
faire que tout ceci n'ait pas été ? Quelque chose
est arrivé que nous ne sommes plus libres de
défaire. Peux-tu empêcher que nous soyons pour
toujours les assassins de notre mère ?

ORESTE

Crois-tu que je voudrais l'empêcher ? J'ai fait
mon acte, Électre, et cet acte était bon. Je le
porterai sur mes épaules comme un passeur
d'eau porte les voyageurs, je le ferai passer sur
l'autre rive et j'en rendrai compte. Et plus il sera
lourd à porter, plus je me réjouirai, car ma
liberté, c'est lui. Hier encore, je marchais au
hasard sur la terre, et des milliers de chemins
fuyaient sous mes pas, car ils appartenaient
à d'autres. Je les ai tous empruntés, celui des
haleurs, qui court au long de la rivière, et le
sentier du muletier et la route pavée des conduc-
teurs de chars ; mais aucun n'était à moi. Aujour-
d'hui, il n'y en a plus qu'un, et Dieu sait où il
mène : mais c'est *mon* chemin. Qu'as-tu ?

ÉLECTRE

Je ne peux plus te voir ! Ces lampes n'éclairent
pas. J'entends ta voix, mais elle me fait mal, elle
me coupe comme un couteau. Est-ce qu'il fera

toujours aussi noir, désormais, même le jour ?
Oreste ! Les voilà !

ORESTE

Qui ?

ÉLECTRE

Les voilà ! D'où viennent-elles ? Elles pendent
du plafond comme des grappes de raisins noirs,
et ce sont elles qui noircissent les murs ; elles se
glissent entre les lumières et mes yeux, et ce sont
leurs ombres qui me dérobent ton visage.

ORESTE

Les mouches...

ÉLECTRE

Écoute !... Écoute le bruit de leurs ailes, pareil
au ronflement d'une forge. Elles nous entourent,
Oreste. Elles nous guettent ; tout à l'heure elles
s'abattront sur nous, et je sentirai mille pattes
gluantes sur mon corps. Où fuir, Oreste ? Elles
enflent, elles enflent, les voilà grosses comme des
abeilles, elles nous suivront partout en épais
tourbillons. Horreur ! Je vois leurs yeux, leurs
millions d'yeux qui nous regardent.

ORESTE

Que nous importent les mouches ?

ÉLECTRE

Ce sont les Érinnyes, Oreste, les déesses du
remords.

DES VOIX, *derrière la porte.*

Ouvrez ! Ouvrez ! S'ils n'ouvrent pas, il faut enfoncer la porte.

Coups sourds dans la porte.

ORESTE

Les cris de Clytemnestre ont attiré des gardes. Viens ! Conduis-moi au sanctuaire d'Apollon ; nous y passerons la nuit, à l'abri des hommes et des mouches. Demain je parlerai à mon peuple.

RIDEAU

ACTE III

SCÈNE PREMIÈRE

Le temple d'Apollon. Pénombre. Une statue d'Apollon au milieu de la scène. Électre et Oreste dorment au pied de la statue, entourant ses jambes de leurs bras. Les Érinnyes, en cercle, les entourent ; elles dorment, debout, comme des échassiers. Au fond, une lourde porte de bronze.

PREMIÈRE ÉRINNYE, *s'étirant.*

Haaah ! J'ai dormi debout, toute droite de colère, et j'ai fait d'énormes rêves irrités. O belle fleur de rage, belle fleur rouge en mon cœur. *(Elle tourne autour d'Oreste et d'Électre.)* Ils dorment. Comme ils sont blancs, comme ils sont doux ! Je leur roulerai sur le ventre et sur la poitrine comme un torrent sur des cailloux. Je polirai patiemment cette chair fine, je la frotterai, je la raclerai, je l'userai jusqu'à l'os. *(Elle fait quelques pas.)* O pur matin de haine ! Quel splendide réveil : ils dorment, ils sont moites, ils sentent la fièvre ; moi, je veille, fraîche et dure, mon âme est de cuivre — et je me sens sacrée.

ÉLECTRE, *endormie.*

Hélas !

PREMIÈRE ÉRINNYE

Elle gémit. Patience, tu connaîtras bientôt nos morsures, nous te ferons hurler sous nos caresses. J'entrerai en toi comme le mâle en la femelle, car tu es mon épouse, et tu sentiras le poids de mon amour. Tu es belle, Électre, plus belle que moi ; mais, tu verras, mes baisers font vieillir ; avant six mois, je t'aurai cassée comme une vieillarde, et moi, je resterai jeune. *(Elle se penche sur eux.)* Ce sont de belles proies périssables et bonnes à manger ; je les regarde, je respire leur haleine et la colère m'étouffe. O délices de se sentir un petit matin de haine, délices de se sentir griffes et mâchoires, avec du feu dans les veines. La haine m'inonde et me suffoque, elle monte dans mes seins comme du lait. Réveillez-vous, mes sœurs, réveillez-vous : voici le matin.

DEUXIÈME ÉRINNYE

Je rêvais que je mordais.

PREMIÈRE ÉRINNYE

Prends patience : un Dieu les protège aujourd'hui, mais bientôt la soif et la faim les chasseront de cet asile. Alors, tu les mordras de toutes tes dents.

TROISIÈME ÉRINNYE

Haaah ! Je veux griffer.

PREMIÈRE ÉRINNYE

Attends un peu : bientôt tes ongles de fer traceront mille sentiers rouges dans la chair des coupables. Approchez, mes sœurs, venez les voir.

UNE ÉRINNYE

Comme ils sont jeunes !

UNE AUTRE ÉRINNYE

Comme ils sont beaux !

PREMIÈRE ÉRINNYE

Réjouissez-vous : trop souvent les criminels sont vieux et laids ; elle n'est que trop rare, la joie exquise de détruire ce qui est beau.

LES ÉRINNYES

Héiah ! Héiahah !

TROISIÈME ÉRINNYE

Oreste est presque un enfant. Ma haine aura pour lui des douceurs maternelles. Je prendrai sur mes genoux sa tête pâle, je caresserai ses cheveux.

PREMIÈRE ÉRINNYE

Et puis ?

TROISIÈME ÉRINNYE

Et puis je plongerai tout d'un coup les deux doigts que voilà dans ses yeux.

Elles se mettent toutes à rire.

PREMIÈRE ÉRINNYE

Ils soupirent, ils s'agitent ; leur réveil est proche. Allons, mes sœurs, mes sœurs les mouches, tirons les coupables du sommeil par notre chant.

CHŒUR DES ÉRINNYES

Bzz, bzz, bzz, bzz.

Nous nous poserons sur ton cœur pourri comme des mouches sur une tartine,

Cœur pourri, cœur saigneux, cœur délectable,

Nous butinerons comme des abeilles le pus et la sanie de ton cœur,

Nous en ferons du miel, tu verras, du beau miel vert,

Quel amour nous comblerait autant que la haine ?

Bzz, bzz, bzz, bzz.

Nous serons les yeux fixes des maisons,

Le grondement du molosse qui découvrira les dents sur ton passage,

Le bourdonnement qui volera dans le ciel au-dessus de ta tête,

Les bruits de la forêt,

Les sifflements, les craquements, les chuintements, les hululements,

Nous serons la nuit,

L'épaisse nuit de ton âme.

Bzz, bzz, bzz, bzz.

Héiah ! héiah ! héiahah !

Bzz, bzz, bzz, bzz,

Nous sommes les suceuses de pus, les mouches,

Nous partagerons tout avec toi,

Nous irons chercher la nourriture dans ta bouche et le rayon de lumière au fond de tes yeux,

Nous t'escorterons jusqu'à la tombe

Et nous ne céderons la place qu'aux vers.

Bzz, bzz, bzz, bzz.

Elles dansent.

ÉLECTRE, *qui s'éveille.*

Qui parle ? Qui êtes-vous ?

LES ÉRINNYES

Bzz, bzz, bzz.

ÉLECTRE

Ah ! vous voilà. Alors ? Nous les avons tués
pour de bon ?

ORESTE, *s'éveillant.*

Électre !

ÉLECTRE

Qui es-tu, toi ? Ah ! tu es Oreste. Va-t'en.

ORESTE

Qu'as-tu donc ?

ÉLECTRE

Tu me fais peur. J'ai rêvé que notre mère était
tombée à la renverse et qu'elle saignait, et son
sang coulait en rigoles sous toutes les portes du
palais. Touche mes mains, elles sont froides.
Non, laisse-moi. Ne me touche pas. Est-ce qu'elle
a beaucoup saigné ?

ORESTE

Tais-toi.

ÉLECTRE, *s'éveillant tout à fait.*

Laisse-moi te regarder : tu les as tués. C'est toi
qui les as tués. Tu es là, tu viens de t'éveiller, il
n'y a rien d'écrit sur ton visage, et pourtant tu les
as tués.

ORESTE

Eh bien ? Oui, je les ai tués ! *(Un temps.)* Toi aussi, tu me fais peur. Tu étais si belle, hier. On dirait qu'une bête t'a ravagé la face avec ses griffes.

ÉLECTRE

Une bête ? Ton crime. Il m'arrache les joues et les paupières : il me semble que mes yeux et mes dents sont nus. Et celles-ci ? Qui sont-elles ?

ORESTE

Ne pense pas à elles. Elles ne peuvent rien contre toi.

PREMIÈRE ÉRINNYE

Qu'elle vienne au milieu de nous, si elle l'ose, et tu verras si nous ne pouvons rien contre elle.

ORESTE

Paix, chiennes. A la niche ! *(Les Érinnyes grondent.)* Celle qui hier, en robe blanche, dansait sur les marches du temple, est-il possible que ce fût toi ?

ÉLECTRE

J'ai vieilli. En une nuit.

ORESTE

Tu es encore belle, mais... où donc ai-je vu ces yeux morts ? Électre... tu lui ressembles ; tu ressembles à Clytemnestre. Était-ce la peine de la tuer ? Quand je vois mon crime dans ces yeux-là, il me fait horreur.

PREMIÈRE ÉRINNYE

C'est qu'elle a horreur de toi.

ORESTE

Est-ce vrai ? Est-ce vrai que je te fais horreur ?

ÉLECTRE

Laisse-moi.

PREMIÈRE ÉRINNYE

Eh bien ? Te reste-t-il le moindre doute ? Comment ne te haïrait-elle pas ? Elle vivait tranquille avec ses rêves, tu es venu, apportant le carnage et le sacrilège. Et la voilà, partageant ta faute, rivée sur ce piédestal, le seul morceau de terre qui lui reste.

ORESTE

Ne l'écoute pas.

PREMIÈRE ÉRINNYE

Arrière ! Arrière ! Chasse-le, Électre, ne te laisse pas toucher par sa main. C'est un boucher ! Il a sur lui la fade odeur du sang frais. Il a tué la vieille très malproprement, tu sais, en s'y reprenant à plusieurs fois.

ÉLECTRE

Tu ne mens pas ?

PREMIÈRE ÉRINNYE

Tu peux me croire, j'étais là, je bourdonnais autour d'eux.

ÉLECTRE

Et il a frappé plusieurs coups ?

PREMIÈRE ÉRINNYE

Une bonne dizaine. Et, chaque fois, l'épée faisait « cric » dans la blessure. Elle se protégeait le visage et le ventre avec les mains, et il lui a taillardé les mains.

ÉLECTRE

Elle a beaucoup souffert ? Elle n'est pas morte sur l'heure ?

ORESTE

Ne les regarde plus, bouche-toi les oreilles, ne les interroge pas surtout ; tu es perdue si tu les interroges.

PREMIÈRE ÉRINNYE

Elle a souffert horriblement.

ÉLECTRE, *se cachant la figure de ses mains.*

Ha !

ORESTE

Elle veut nous séparer, elle dresse autour de toi les murs de la solitude. Prends garde : quand tu seras bien seule, toute seule et sans recours, elles fondront sur toi. Électre, nous avons décidé ce meurtre ensemble, et nous devons en supporter les suites ensemble.

ÉLECTRE

Tu prétends que je l'ai voulu ?

ORESTE

N'est-ce pas vrai ?

ÉLECTRE

Non, ce n'est pas vrai... Attends... Si ! Ah ! je ne sais plus. J'ai rêvé ce crime. Mais toi, tu l'as commis, bourreau de ta propre mère.

LES ÉRINNYES, *riant et criant.*

Bourreau ! Bourreau ! Boucher !

ORESTE

Électre, derrière cette porte, il y a le monde. Le monde et le matin. Dehors, le soleil se lève sur les routes. Nous sortirons bientôt, nous irons sur les routes ensoleillées, et ces filles de la nuit perdront leur puissance : les rayons du jour les transperceront comme des épées.

ÉLECTRE

Le soleil...

PREMIÈRE ÉRINNYE

Tu ne reverras jamais le soleil, Électre. Nous nous masserons entre lui et toi comme une nuée de sauterelles et tu emporteras partout la nuit sur ta tête.

ÉLECTRE

Laissez-moi ! Cessez de me torturer !

ORESTE

C'est ta faiblesse qui fait leur force. Vois : elles n'osent rien me dire. Écoute : une horreur sans nom s'est posée sur toi et nous sépare. Pourtant

qu'as-tu donc vécu que je n'aie vécu ? Les gémis-
sements de ma mère, crois-tu que mes oreilles
cesseront jamais de les entendre ? Et ses yeux
immenses — deux océans démontés — dans son
visage de craie, crois-tu que mes yeux cesseront
jamais de les voir ? Et l'angoisse qui te dévore,
crois-tu qu'elle cessera jamais de me ronger ?
Mais que m'importe : je suis libre. Par-delà l'angoisse et les souvenirs. Libre. Et d'accord avec
moi. Il ne faut pas te haïr toi-même. Électre.
Donne-moi la main : je ne t'abandonnerai pas.

ÉLECTRE

Lâche ma main ! Ces chiennes noires autour de
moi m'effraient, mais moins que toi.

PREMIÈRE ÉRINNYE

Tu vois ! Tu vois ! N'est-ce pas, petite poupée,
nous te faisons moins peur que lui ? Tu as besoin
de nous, Électre, tu es notre enfant. Tu as besoin
de nos ongles pour fouiller ta chair, tu as besoin
de nos dents pour mordre ta poitrine, tu as
besoin de notre amour cannibale pour te détourner de la haine que tu portes, tu as besoin de
souffrir dans ton corps pour oublier les souffrances de ton âme. Viens ! Viens ! Tu n'as que
deux marches à descendre, nous te recevrons
dans nos bras, nos baisers déchireront ta chair
fragile, et ce sera l'oubli, l'oubli au grand feu pur
de la douleur.

LES ÉRINNYES

Viens ! Viens !

> *Elles dansent très lentement comme pour
> la fasciner. Électre se lève.*

ORESTE, *la saisissant par le bras.*

N'y va pas, je t'en supplie, ce serait ta perte.

ÉLECTRE, *se dégageant avec violence.*

Ha ! je te hais.

> *Elle descend les marches, les Érinnyes se
> jettent toutes sur elle.*

ÉLECTRE

Au secours !

Entre Jupiter.

SCÈNE II

LES MÊMES, JUPITER

JUPITER

A la niche !

PREMIÈRE ÉRINNYE

Le maître !

> *Les Érinnyes s'écartent à regret, laissant
> Électre étendue par terre.*

JUPITER

Pauvres enfants. *(Il s'avance vers Électre.)* Voilà
donc où vous en êtes ? La colère et la pitié se
disputent mon cœur. Relève-toi, Électre : tant
que je serai là, mes chiennes ne te feront pas de

mal. *(Il l'aide à se relever.)* Quel terrible visage. Une seule nuit ! Une seule nuit ! Où est ta fraîcheur paysanne ? En une seule nuit ton foie, tes poumons et ta rate se sont usés, ton corps n'est plus qu'une grosse misère. Ah ! présomptueuse et folle jeunesse, que de mal vous vous êtes fait !

ORESTE

Quitte ce ton bonhomme : il sied mal au roi des Dieux.

JUPITER

Et toi, quitte ce ton fier : il ne convient guère à un coupable en train d'expier son crime.

ORESTE

Je ne suis pas un coupable, et tu ne saurais me faire expier ce que je ne reconnais pas pour un crime.

JUPITER

Tu te trompes peut-être, mais patience : je ne te laisserai pas longtemps dans l'erreur.

ORESTE

Tourmente-moi tant que tu voudras : je ne regrette rien.

JUPITER

Pas même l'abjection où ta sœur est plongée par ta faute ?

ORESTE

Pas même.

JUPITER

Électre, l'entends-tu? Voilà celui qui préten-
dait t'aimer.

ORESTE

Je l'aime plus que moi-même. Mais ses souffrances viennent d'elle, c'est elle seule qui peut
s'en délivrer : elle est libre.

JUPITER

Et toi? Tu es libre aussi, peut-être?

ORESTE

Tu le sais bien.

JUPITER

Regarde-toi, créature, impudente et stupide :
tu as grand air, en vérité, tout recroquevillé
entre les jambes d'un Dieu secourable, avec ces
chiennes affamées qui t'assiègent. Si tu oses
prétendre que tu es libre, alors il faudra vanter
la liberté du prisonnier chargé de chaînes, au
fond d'un cachot, et de l'esclave crucifié.

ORESTE

Pourquoi pas?

JUPITER

Prends garde : tu fais le fanfaron parce qu'A-
pollon te protège. Mais Apollon est mon très
obéissant serviteur. Si je lève un doigt, il t'abandonne.

ORESTE

Eh bien, lève le doigt, lève la main entière.

JUPITER

A quoi bon ? Ne t'ai-je pas dit que je répugnais à punir ? Je suis venu pour vous sauver.

ÉLECTRE

Nous sauver ? Cesse de te moquer, maître de la vengeance et de la mort, car il n'est pas permis — fût-ce à un Dieu — de donner à ceux qui souffrent un espoir trompeur.

JUPITER

Dans un quart d'heure, tu peux être hors d'ici.

ÉLECTRE

Saine et sauve ?

JUPITER

Tu as ma parole.

ÉLECTRE

Qu'exigeras-tu de moi en retour ?

JUPITER

Je ne te demande rien, mon enfant.

ÉLECTRE

Rien ? T'ai-je bien entendu, Dieu bon, Dieu adorable ?

JUPITER

Ou presque rien. Ce que tu peux me donner le plus aisément : un peu de repentir.

ORESTE

Prends garde, Électre : ce rien pèsera sur ton âme comme une montagne.

JUPITER, *à Électre.*

Ne l'écoute pas. Réponds-moi plutôt : comment n'accepterais-tu pas de désavouer ce crime ; c'est un autre qui l'a commis. A peine peut-on dire que tu fus sa complice.

ORESTE

Électre ! Vas-tu renier quinze ans de haine et d'espoir ?

JUPITER

Qui parle de renier ? Elle n'a jamais voulu cet acte sacrilège.

ÉLECTRE

Hélas !

JUPITER

Allons ! Tu peux me faire confiance. Est-ce que je ne lis pas dans les cœurs ?

ÉLECTRE, *incrédule.*

Et tu lis dans le mien que je n'ai pas voulu ce crime ? Quand j'ai rêvé quinze ans de meurtre et de vengeance ?

JUPITER

Bah ! Ces rêves sanglants qui te berçaient, ils avaient une espèce d'innocence : ils te masquaient ton esclavage, ils pansaient les blessures de ton orgueil. Mais tu n'as jamais songé à les réaliser. Est-ce que je me trompe ?

ÉLECTRE

Ah ! mon Dieu, mon Dieu chéri, comme je souhaite que tu ne te trompes pas !

JUPITER

Tu es une toute petite fille, Électre. Les autres petites filles souhaitent de devenir les plus riches ou les plus belles de toutes les femmes. Et toi, fascinée par l'atroce destin de ta race, tu as souhaité de devenir la plus douloureuse et la plus criminelle. Tu n'as jamais voulu le mal : tu n'as voulu que ton propre malheur. A ton âge, les enfants jouent encore à la poupée ou à la marelle ; et toi, pauvre petite, sans jouets ni compagnes, tu as joué au meurtre, parce que c'est un jeu qu'on peut jouer toute seule.

ÉLECTRE

Hélas ! Hélas ! Je t'écoute et je vois clair en moi.

ORESTE

Électre ! Électre ! C'est à présent que tu es coupable. Ce que tu as voulu, qui peut le savoir, si ce n'est toi ? Laisseras-tu un autre en décider ? Pourquoi déformer un passé qui ne peut plus se défendre ? Pourquoi renier cette Électre irritée que tu fus, cette jeune déesse de la haine que j'ai tant aimée ? Et ne vois-tu pas que ce Dieu cruel se joue de toi ?

JUPITER

Me jouer de vous ? Écoutez plutôt ce que je vous propose : si vous répudiez votre crime, je vous installe tous deux sur le trône d'Argos.

ORESTE

A la place de nos victimes ?

JUPITER

Il le faut bien.

ORESTE

Et j'endosserai les vêtements tièdes encore du
défunt roi ?

JUPITER

Ceux-là ou d'autres, peu importe.

ORESTE

Oui, pourvu qu'ils soient noirs, n'est-ce pas ?

JUPITER

N'es-tu pas en deuil ?

ORESTE

En deuil de ma mère, je l'oubliais. Et mes
sujets, faudra-t-il aussi que je les habille de
noir ?

JUPITER

Ils le sont déjà.

ORESTE

C'est vrai. Laissons-leur le temps d'user leurs
vieux vêtements. Eh bien ? As-tu compris, Électre ? Si tu verses quelques larmes, on t'offre les
jupons et les chemises de Clytemnestre — ces
chemises puantes et souillées que tu as lavées
quinze ans de tes propres mains. Son rôle aussi
t'attend, tu n'auras qu'à le reprendre ; l'illusion
sera parfaite, tout le monde croira revoir ta
mère, car tu t'es mise à lui ressembler. Moi, je

suis plus dégoûté : je n'enfilerai pas les culottes
du bouffon que j'ai tué.

JUPITER

Tu lèves bien haut la tête : tu as frappé un
homme qui ne se défendait pas et une vieille qui
demandait grâce ; mais celui qui t'entendrait
parler sans te connaître pourrait croire que tu as
sauvé ta ville natale, en combattant seul contre
trente.

ORESTE

Peut-être, en effet, ai-je sauvé ma ville natale.

JUPITER

Toi ? Sais-tu ce qu'il y a derrière cette porte ?
Les hommes d'Argos — tous les hommes d'Argos. Ils attendent leur sauveur avec des pierres,
des fourches et des triques pour lui prouver leur
reconnaissance. Tu es seul comme un lépreux.

ORESTE

Oui.

JUPITER

Va, n'en tire pas orgueil. C'est dans la solitude
du mépris et de l'horreur qu'ils t'ont rejeté, ô le
plus lâche des assassins.

ORESTE

Le plus lâche des assassins, c'est celui qui a
des remords.

JUPITER

Oreste ! Je t'ai créé et j'ai créé toute chose :
regarde. *(Les murs du temple s'ouvrent. Le ciel*

apparaît, constellé d'étoiles qui tournent. Jupiter
est au fond de la scène. Sa voix est devenue énorme
— microphone — mais on le distingue à peine.)
Vois ces planètes qui roulent en ordre, sans
jamais se heurter : c'est moi qui en ai réglé le
cours, selon la justice. Entends l'harmonie des
sphères, cet énorme chant de grâces minéral qui
se répercute aux quatre coins du ciel. *(Mélo-
die.)* Par moi les espèces se perpétuent, j'ai
ordonné qu'un homme engendre toujours un
homme et que le petit du chien soit un chien, par
moi la douce langue des marées vient lécher le
sable et se retire à heure fixe, je fais croître les
plantes, et mon souffle guide autour de la terre
les nuages jaunes du pollen. Tu n'es pas chez toi,
intrus ! tu es dans le monde comme l'écharde
dans la chair, comme le braconnier dans la forêt
seigneuriale : car le monde est bon ; je l'ai créé
selon ma volonté et je suis le Bien. Mais toi, tu as
fait le mal, et les choses t'accusent de leurs voix
pétrifiées : le Bien est partout, c'est la moelle du
sureau, la fraîcheur de la source, le grain du
silex, la pesanteur de la pierre ; tu le retrouveras
jusque dans la nature du feu et de la lumière, ton
corps même te trahit, car il se conforme à mes
prescriptions. Le Bien est en toi, hors de toi : il te
pénètre comme une faux, il t'écrase comme une
montagne, il te porte et te roule comme une
mer ; c'est lui qui permit le succès de ta mauvaise entreprise, car il fut la clarté des chandel-
les, la dureté de ton épée, la force de ton bras. Et
ce Mal dont tu es si fier, dont tu te nommes
l'auteur, qu'est-il sinon un reflet de l'être, un
faux-fuyant, une image trompeuse dont l'existence même est soutenue par le Bien. Rentre en

toi-même, Oreste : l'univers te donne tort, et tu es un ciron dans l'univers. Rentre dans la nature, fils dénaturé : connais ta faute, abhorre-la, arrache-la de toi comme une dent cariée et puante. Ou redoute que la mer ne se retire devant toi, que les sources ne se tarissent sur ton chemin, que les pierres et les rochers ne roulent hors de ta route et que la terre ne s'effrite sous tes pas.

ORESTE

Qu'elle s'effrite ! Que les rochers me condamnent et que les plantes se fanent sur mon passage : tout ton univers ne suffira pas à me donner tort. Tu es le roi des Dieux, Jupiter, le roi des pierres et des étoiles, le roi des vagues de la mer. Mais tu n'es pas le roi des hommes.

> *Les murailles se rapprochent, Jupiter réapparaît, las et voûté ; il a repris sa voix naturelle.*

JUPITER

Je ne suis pas ton roi, larve impudente. Qui donc t'a créé ?

ORESTE

Toi. Mais il ne fallait pas me créer libre.

JUPITER

Je t'ai donné ta liberté pour me servir.

ORESTE

Il se peut, mais elle s'est retournée contre toi et nous n'y pouvons rien, ni l'un ni l'autre.

JUPITER

Enfin ! voilà l'excuse.

ORESTE

Je ne m'excuse pas.

JUPITER

Vraiment ? Sais-tu qu'elle ressemble beaucoup à une excuse, cette liberté dont tu te dis
l'esclave ?

ORESTE

Je ne suis ni le maître ni l'esclave, Jupiter. Je
suis ma liberté ! A peine m'as-tu créé que j'ai
cessé de t'appartenir.

ÉLECTRE

Par notre père, Oreste, je t'en conjure, ne joins
pas le blasphème au crime.

JUPITER

Écoute-la. Et perds l'espoir de la ramener par
tes raisons : ce langage semble assez neuf pour
ses oreilles — et assez choquant.

ORESTE

Pour les miennes aussi, Jupiter. Et pour ma
gorge qui souffle les mots et pour ma langue qui
les façonne au passage : j'ai de la peine à me
comprendre. Hier encore tu étais un voile sur
mes yeux, un bouchon de cire dans mes oreilles ;
c'était hier que j'avais une excuse : tu étais mon
excuse d'exister, car tu m'avais mis au monde
pour servir tes desseins, et le monde était une

vieille entremetteuse qui me parlait de toi, sans
cesse. Et puis tu m'as abandonné.

JUPITER

T'abandonner, moi ?

ORESTE

Hier, j'étais près d'Électre ; toute ta nature se
pressait autour de moi ; elle chantait ton Bien, la
sirène, et me prodiguait les conseils. Pour m'in-
citer à la douceur, le jour brûlant s'adoucissait
comme un regard se voile ; pour me prêcher
l'oubli des offenses, le ciel s'était fait suave
comme un pardon. Ma jeunesse, obéissant à tes
ordres, s'était levée, elle se tenait devant mon
regard, suppliante comme une fiancée qu'on va
délaisser : je voyais ma jeunesse pour la dernière
fois. Mais, tout à coup, la liberté a fondu sur moi
et m'a transi, la nature a sauté en arrière, et je
n'ai plus eu d'âge, et je me suis senti tout seul, au
milieu de ton petit monde bénin, comme quelqu'un qui a perdu son ombre ! et il n'y a plus rien
eu au ciel, ni Bien ni Mal, ni personne pour me
donner des ordres.

JUPITER

Eh bien ? Dois-je admirer la brebis que la gale
retranche du troupeau, ou le lépreux enfermé
dans son lazaret ? Rappelle-toi, Oreste : tu as fait
partie de mon troupeau, tu paissais l'herbe de
mes champs au milieu de mes brebis. Ta liberté
n'est qu'une gale qui te démange, elle n'est qu'un
exil.

ORESTE

Tu dis vrai : un exil.

JUPITER

Le mal n'est pas si profond : il date d'hier. Reviens parmi nous. Reviens : vois comme tu es seul, ta sœur même t'abandonne. Tu es pâle, et l'angoisse dilate tes yeux. Espères-tu vivre ? Te voilà rongé par un mal inhumain, étranger à ma nature, étranger à toi-même. Reviens : je suis l'oubli, je suis le repos.

ORESTE

Étranger à moi-même, je sais. Hors nature, contre nature, sans excuse, sans autre recours qu'en moi. Mais je ne reviendrai pas sous ta loi : je suis condamné à n'avoir d'autre loi que la mienne. Je ne reviendrai pas à ta nature : mille chemins y sont tracés qui conduisent vers toi, mais je ne peux suivre que mon chemin. Car je suis un homme, Jupiter, et chaque homme doit inventer son chemin. La nature a horreur de l'homme, et toi, toi, souverain des Dieux, toi aussi tu as les hommes en horreur.

JUPITER

Tu ne mens pas : quand ils te ressemblent, je les hais.

ORESTE

Prends garde : tu viens de faire l'aveu de ta faiblesse. Moi, je ne te hais pas. Qu'y a-t-il de toi à moi ? Nous glisserons l'un contre l'autre sans nous toucher, comme deux navires. Tu es un Dieu et je suis libre : nous sommes pareillement seuls et notre angoisse est pareille. Qui te dit que je n'ai pas cherché le remords, au cours de cette longue nuit ? Le remords. Le sommeil. Mais je ne peux plus avoir de remords. Ni dormir.

Un silence.

JUPITER

Que comptes-tu faire ?

ORESTE

Les hommes d'Argos sont mes hommes. Il faut que je leur ouvre les yeux.

JUPITER

Pauvres gens ! Tu vas leur faire cadeau de la solitude et de la honte, tu vas arracher les étoffes dont je les avais couverts, et tu leur montreras soudain leur existence, leur obscène et fade existence, qui leur est donnée pour rien.

ORESTE

Pourquoi leur refuserais-je le désespoir qui est en moi, puisque c'est leur lot ?

JUPITER

Qu'en feront-ils ?

ORESTE

Ce qu'ils voudront : ils sont libres, et la vie humaine commence de l'autre côté du désespoir.

Un silence.

JUPITER

Eh bien, Oreste, tout ceci était prévu. Un homme devait venir annoncer mon crépuscule.

C'est donc toi ? Qui l'aurait cru, hier, en voyant ton visage de fille ?

ORESTE

L'aurais-je cru moi-même ? Les mots que je dis sont trop gros pour ma bouche, ils la déchirent ; le destin que je porte est trop lourd pour ma jeunesse, il l'a brisée.

JUPITER

Je ne t'aime guère et pourtant je te plains.

ORESTE

Je te plains aussi.

JUPITER

Adieu, Oreste. *(Il fait quelques pas.)* Quant à toi, Électre, songe à ceci : mon règne n'a pas encore pris fin, tant s'en faut — et je ne veux pas abandonner la lutte. Vois si tu es avec moi ou contre moi. Adieu.

ORESTE

Adieu.

Jupiter sort.

SCÈNE III

LES MÊMES, moins JUPITER

Électre se lève lentement.

ORESTE

Où vas-tu ?

ÉLECTRE

Laisse-moi. Je n'ai rien à te dire.

ORESTE

Toi que je connais d'hier, faut-il te perdre pour toujours ?

ÉLECTRE

Plût aux Dieux que je ne t'eusse jamais connu.

ORESTE

Électre ! Ma sœur, ma chère Électre ! Mon unique amour, unique douceur de ma vie, ne me laisse pas tout seul, reste avec moi.

ÉLECTRE

Voleur ! Je n'avais presque rien à moi, qu'un peu de calme et quelques rêves. Tu m'as tout pris, tu as volé une pauvresse. Tu étais mon frère, le chef de notre famille, tu devais me protéger : mais tu m'as plongée dans le sang, je suis rouge comme un bœuf écorché ; toutes les mouches sont après moi, les voraces, et mon cœur est une ruche horrible !

ORESTE

Mon amour, c'est vrai, que j'ai tout pris, et je n'ai rien à te donner — que mon crime. Mais c'est un immense présent. Crois-tu qu'il ne pèse pas sur mon âme comme du plomb ? Nous étions trop légers, Électre : à présent nos pieds s'enfoncent dans la terre comme les roues d'un char dans une ornière. Viens, nous allons partir et

nous marcherons à pas lourds, courbés sous
notre précieux fardeau. Tu me donneras la main
et nous irons...

ÉLECTRE

Où ?

ORESTE

Je ne sais pas ; vers nous-mêmes. De l'autre
côté des fleuves et des montagnes il y a un Oreste
et une Électre qui nous attendent. Il faudra les
chercher patiemment.

ÉLECTRE

Je ne veux plus t'entendre. Tu ne m'offres que
le malheur et le dégoût. *(Elle bondit sur la scène.
Les Érinnyes se rapprochent lentement.)* Au
secours ! Jupiter, roi des Dieux et des hommes,
mon roi, prends-moi dans tes bras, emporte-moi,
protège-moi. Je suivrai ta loi, je serai ton esclave
et ta chose, j'embrasserai tes pieds et tes genoux.
Défends-moi contre les mouches, contre mon
frère, contre moi-même, ne me laisse pas seule,
je consacrerai la vie entière à l'expiation. Je me
repens, Jupiter, je me repens.

Elle sort en courant.

SCÈNE IV

ORESTE, LES ÉRINNYES

Les Érinnyes font un mouvement pour suivre Électre. La première Érinnye les arrête.

PREMIÈRE ÉRINNYE

Laissez-la, mes sœurs, elle nous échappe. Mais celui-ci nous reste, et pour longtemps, je crois, car sa petite âme est coriace. Il souffrira pour deux.

Les Érinnyes se mettent à bourdonner et se rapprochent d'Oreste.

ORESTE

Je suis tout seul.

PREMIÈRE ÉRINNYE

Mais non, ô le plus mignon des assassins, je te reste : tu verras quels jeux j'inventerai pour te distraire.

ORESTE

Jusqu'à la mort je serai seul. Après...

PREMIÈRE ÉRINNYE

Courage, mes sœurs, il faiblit. Regardez, ses yeux s'agrandissent : bientôt ses nerfs vont résonner comme les cordes d'une harpe sous les arpèges exquis de la terreur.

DEUXIÈME ÉRINNYE

Bientôt la faim le chassera de son asile : nous connaîtrons le goût de son sang avant ce soir.

ORESTE

Pauvre Électre !

Entre le Pédagogue.

SCÈNE V

ORESTE, LES ÉRINNYES, LE PÉDAGOGUE

LE PÉDAGOGUE

Çà, mon maître, où êtes-vous ? On n'y voit goutte. Je vous apporte quelque nourriture : les gens d'Argos assiègent le temple, et vous ne pouvez songer à en sortir : cette nuit, nous essaierons de fuir. En attendant, mangez. *(Les Érinnyes lui barrent la route.)* Ha ! qui sont celles-là ? Encore des superstitions. Que je regrette le doux pays d'Attique, où c'était ma raison qui avait raison.

ORESTE

N'essaie pas de m'approcher, elles te déchireraient tout vif.

LE PÉDAGOGUE

Doucement, mes jolies. Tenez, prenez ces viandes et ces fruits, si mes offrandes peuvent vous calmer.

ORESTE

Les hommes d'Argos, dis-tu, sont massés devant le temple ?

LE PÉDAGOGUE

Oui-da ! Et je ne saurais vous dire qui sont les plus vilains et les plus acharnés à vous nuire, de ces belles fillettes que voilà ou de vos chers sujets.

ORESTE

C'est bon. *(Un temps.)* Ouvre cette porte.

LE PÉDAGOGUE

Êtes-vous fou ? Ils sont là derrière, avec des armes.

ORESTE

Fais ce que je te dis.

LE PÉDAGOGUE

Pour cette fois vous m'autoriserez bien à vous désobéir. Ils vous lapideront, vous dis-je.

ORESTE

Je suis ton maître, vieillard, et je te commande d'ouvrir cette porte.

Le Pédagogue entrouvre la porte.

LE PÉDAGOGUE

Oh ! là, là ! Oh ! là, là !

ORESTE

A deux battants !

Le Pédagogue entrouvre la porte, caché derrière l'un des battants. La foule repousse

violemment les deux battants et s'arrête inter-
dite sur le seuil. Vive lumière.

SCÈNE VI

LES MÊMES, LA FOULE

CRIS DANS LA FOULE

A mort ! A mort ! Lapidez-le ! Déchirez-le ! A
mort !

ORESTE, *sans les entendre.*

Le soleil !

LA FOULE

Sacrilège ! Assassin ! Boucher. On t'écartèlera.
On versera du plomb fondu dans tes blessures.

UNE FEMME

Je t'arracherai les yeux.

UN HOMME

Je te mangerai le foie.

ORESTE, *s'est dressé.*

Vous voilà donc, mes sujets très fidèles ! Je suis
Oreste, votre roi, le fils d'Agamemnon, et ce jour
est le jour de mon couronnement.

La foule gronde, décontenancée.

Vous ne criez plus ? *(La foule se tait.)* Je sais : je vous fais peur. Il y a quinze ans, jour pour jour, un autre meurtrier s'est dressé devant vous, il avait des gants rouges jusqu'au coude, des gants de sang, et vous n'avez pas eu peur de lui car vous avez lu dans ses yeux qu'il était des vôtres et qu'il n'avait pas le courage de ses actes. Un crime que son auteur ne peut supporter, ce n'est plus le crime de personne, n'est-ce pas ? C'est presque un accident. Vous avez accueilli le criminel comme votre roi, et le vieux crime s'est mis à rôder entre les murs de la ville, en gémissant doucement, comme un chien qui a perdu son maître. Vous me regardez, gens d'Argos, vous avez compris que mon crime est bien à moi ; je le revendique à la face du soleil, il est ma raison de vivre et mon orgueil, vous ne pouvez ni me châtier ni me plaindre, et c'est pourquoi je vous fais peur. Et pourtant, ô mes hommes, je vous aime, et c'est pour vous que j'ai tué. Pour vous. J'étais venu réclamer mon royaume et vous m'avez repoussé parce que je n'étais pas des vôtres. A présent, je suis des vôtres, ô mes sujets, nous sommes liés par le sang, et je mérite d'être votre roi. Vos fautes et vos remords, vos angoisses nocturnes, le crime d'Égisthe, tout est à moi, je prends tout sur moi. Ne craignez plus vos morts, ce sont *mes* morts. Et voyez : vos mouches fidèles vous ont quittés pour moi. Mais n'ayez crainte, gens d'Argos : je ne m'assiérai pas, tout sanglant, sur le trône de ma victime : un Dieu me l'a offert et j'ai dit non. Je veux être un roi sans terre et sans sujets. Adieu, mes hommes, tentez de vivre : tout est neuf ici, tout est à commencer. Pour moi aussi la vie

commence. Une étrange vie. Écoutez encore
ceci : un été, Scyros fut infestée par les rats.
C'était une horrible lèpre, ils rongeaient tout ; les
habitants de la ville crurent en mourir. Mais un
jour, vint un joueur de flûte. Il se dressa au cœur
de la ville — comme ceci. *(Il se met debout.)* Il se
mit à jouer de la flûte et tous les rats vinrent se
presser autour de lui. Puis il se mit en marche à
longues enjambées, comme ceci *(il descend du
piédestal)*, en criant aux gens de Scyros : « Écar-
tez-vous ! » *(La foule s'écarte.)* Et tous les rats
dressèrent la tête en hésitant — comme font les
mouches. Regardez ! Regardez les mouches ! Et
puis tout d'un coup ils se précipitèrent sur ses
traces. Et le joueur de flûte avec ses rats disparut
pour toujours. Comme ceci.

> *Il sort ; les Érinnyes se jettent en hurlant
> derrière lui.*

RIDEAU

DU MÊME AUTEUR

Aux Éditions Gallimard

Romans

LA NAUSÉE (Folio nº 805).

LES CHEMINS DE LA LIBERTÉ, I : L'ÂGE DE RAISON (Folio nº 870).

LES CHEMINS DE LA LIBERTÉ, II : LE SURSIS (Folio nº 866).

LES CHEMINS DE LA LIBERTÉ, III : LA MORT DANS L'ÂME (Folio nº 58).

ŒUVRES ROMANESQUES (Bibliothèque de la Pléiade).

Nouvelles

LE MUR *(Le mur — La chambre — Érostrate — Intimité — L'enfance d'un chef)* (Folio et Folio 2 € pour *L'enfance d'un chef*).

Théâtre

THÉÂTRE, I : *Les Mouches — Huis clos — Morts sans sépulture — La Putain respectueuse.*

LES MAINS SALES (Folio nº 806).

LE DIABLE ET LE BON DIEU (Folio nº 869).

KEAN, d'après Alexandre Dumas.

NEKRASSOV (Folio nº 431).

LES SÉQUESTRÉS D'ALTONA (Folio nº 938).

LES TROYENNES, d'après Euripide.

THÉÂTRE COMPLET (Bibliothèque de la Pléiade).

CAHIERS POUR UNE MORALE.

CRITIQUE DE LA RAISON DIALECTIQUE (*précédé de* QUESTIONS DE MÉTHODE), I : *Théorie des ensembles pratiques.*

CRITIQUE DE LA RAISON DIALECTIQUE, II : *L'intelligibilité de l'Histoire.*

QUESTIONS DE MÉTHODE (collection « Tel » n° 111).

VÉRITÉ ET EXISTENCE.

SITUATIONS PHILOSOPHIQUES (collection « Tel » n° 171).

Essais politiques

RÉFLEXIONS SUR LA QUESTION JUIVE (Folio Essais n° 10).

ENTRETIENS SUR LA POLITIQUE, avec David Rousset et Gérard Rosenthal.

L'AFFAIRE HENRI MARTIN, textes commentés par Jean-Paul Sartre.

ON A RAISON DE SE RÉVOLTER, avec Philippe Gavi et Pierre Victor.

Scénarios

L'ENGRENAGE (Folio n° 2804).

LE SCÉNARIO FREUD.

SARTRE, *un film réalisé par Alexandre Astruc et Michel Contat.*

LES JEUX SONT FAITS (Folio n° 2805).

TYPHUS.

Entretiens

Entretiens avec Simone de Beauvoir, *in* LA CÉRÉMONIE DES ADIEUX de Simone de Beauvoir.

Iconographie

SARTRE, IMAGES D'UNE VIE, album préparé par L. Sendyk-
   Siegel, commentaire de Simone de Beauvoir.
ALBUM SARTRE, iconographie choisie et commentée par Annie
   Cohen-Solal.